繼母的拖油瓶是我的前女友
8
該讓我見識你的全力了
Kadokawa Fantastic Novels

東頭伊佐奈
Isana Higashira
伊理戸結女
Yume Irido

南曉月
Akatsuki Minami
紅鈴理
Suzuri Kurenai
亞霜愛沙
Aisa Aso
明日葉院蘭
Ran Asuhain

「要徹底當個辣妹！就這一刻讓自己變得不要臉！」
KOBE GALS COLLECTION!!

繼母的拖油瓶是我的前女友 8

該讓我見識你的全力了

紙城境介

插畫／たかやKi

Kadokawa Fantastic Novels

目錄 Contents

伊理戸水斗◆與黑貓的遭遇

我像平常一樣跟伊佐奈閒扯淡之後回到家，看到一隻黑貓在打盹。

當然，我家可沒有開始飼養寵物。真要說起來，這隻貓也只是個身穿黑色貓耳、貓尾與煽情服裝玩Cosplay的人類罷了。

躺臥的模樣，簡直就像在藉由主人留下的餘溫取暖似的。

所幸，我認得這個像胎兒般蜷起身子，把黑色長髮披散在床單上的傢伙。

「……這傢伙在幹嘛啊……」

低頭看著繼妹的睡臉，我不禁發出傻眼與困惑參半的喃喃自語。

她穿著迷你裙，而且衣服胸前與腹部全部挖空，暴露程度可比泳裝。只要稍稍改變視角，乳溝或內褲就有走光之虞。

我把從黑色裙子底下伸出的雪白大腿逐出視野，無奈地嘆了口氣。

這狀況到底是怎麼來的？
她到底想要我怎麼做？

伊理戶結女◆學生會旅行計畫

「話說結女同學，下個月的連假妳有什麼安排嗎？」
十月三十日。
期中考考完，也想好要送給水斗什麼生日禮物了；正好就在這個心情徹底鬆懈的時刻，紅會長問了我這個問題。
「連假？也就是……」
「從二十一號到二十三號的三天連假。」
說話聲調一如往常地英氣凜然的會長，頭上戴著可愛的貓耳。
這是今天她一進學生會室，就被亞霜學姊一句：「萬聖節快樂！」戴到頭上的東西，我的頭上也有戴。當時我一下子沒聽懂，但今天是十月三十日——萬聖節的前一天。而日本的萬聖節不知從何時開始，又多出了「Cosplay之日」這一層意義。

平常似乎就以Cosplay為興趣的亞霜學姊，此時還在從瓦楞紙箱裡拿出各種服裝，放到明日葉院同學的胸前賊賊地笑。明日葉院同學一臉失魂落魄地隨便她，我們則是拿她當犧牲品，獲得了短暫的和平。

「二十三號……記得好像是勤勞感謝之日？」

如果是十一月的另一個節日——三號那天，倒是有重要的事。

「我沒有什麼計畫，為什麼這麼問？」

「是這樣的，小生正在策劃小旅行。」

「妳說……旅行嗎？」

如果是長假還能理解，可是才三天連假耶？

「十一月沒有什麼重大活動，小生想藉這趟旅行在學生會內部辦個聯誼。小生親戚那邊有門路，有辦法訂到很好的旅館。」

「親戚有門路……？」

那是什麼樣的親戚啊？

「啊——小結子好像不知道？」

亞霜學姊一邊說，一邊把布料面積無異於泳衣的服裝放在明日葉院同學身上比比看。

「鈴理理她家啊，有錢到好笑的說。」

「什麼……」

長得可愛，聰明伶俐，具備領袖魅力，而且還是有錢人？老天究竟要賦予她多少優點才滿意啊？

「呵。」紅會長帥氣地苦笑了一下，說：

「但是家中規定也不少，麻煩得很。相對地，有些事情一般學生辦不到，但小生就有辦法。例如訂到有馬溫泉的頂級旅館。」

「咦，有馬溫泉？」

那種的一般來說，不是都要在好幾個月前先預訂嗎……

「記得有馬溫泉好像是在神戶～？這次地點還滿近的嘛～」

亞霜學姊邊說邊面不改色地想脫明日葉院同學的襯衫，遭受到激烈反抗。

「是啊。搭電車單程一小時。如果直接往返，連學生都負擔得起。」

神戶是在兵庫吧。從京都過去的確不遠。

「妳說這次，也就是說以前也辦過嗎？」

「上次是哪裡來著？德國？」

「那是我們跟庶務前輩三個人一起去的那次吧。學生會一起去的是北海道。」

三個高中生跑去德國！行動力會不會太強了一點……？

「原來學生會有辦過旅遊啊……也就是說……」

這就表示她們跟羽場學長還有星邊學長曾經旅遊外宿，卻半點進展也沒有——

紅會長與亞霜學姊脖子一轉，一齊往我看過來。

「「怎樣？」」

「沒……沒有……」

光兩個人的話也就算了，團體旅遊怎麼可能那麼容易有進展嘛！嗯！正常啦正常！

「……旅遊啊……」

仔細想想，我好像沒出去旅遊過幾次。媽媽很忙，我又是個書蟲，印象最深刻的，好像就只有小學與國中的修學旅行……？

「是二十一、二十二、二十三號對吧？」

「對。應該會是二十一號出發，三天兩夜。」

難得人家約我，就一起去好了。我不在家的話，媽媽他們也可以享受夫妻專屬的時光——咦，十一月二十二日？

……是好夫婦日。

這說不定是天賜良機。畢竟我很少有機會外宿，讓媽媽他們擁有自己的時間——如果不光是我，水斗也能一起暫時離開家……

「……那個，我想確認一下。」

「嗯？什麼事？」

「這次旅行……我可以帶我弟弟一起去嗎？」

雖然覺得這樣問很厚臉皮，但我還是開口了。

如果水斗也能一起去，就可以讓媽媽他們擁有自己的時間了。

而且更重要的是……除了盂蘭盆節回鄉下那次之外，我從來沒跟他一起去旅行過。

當然，其實我也不認為能帶跟學生會無關的水斗一起去啦……！

面對在心裡拉起防線的我，紅會長嘴角浮出得意的微笑。

「這樣很好啊！」

沒想到會長非但沒拒絕，反而像是聽到一個好主意似的拍了一下手，望向亞霜學姊。

「小生正覺得男生只有阿丈一個人太可憐了。那就這樣吧，愛沙，妳也去約星邊學長一起參加。」

「咦！我去約嗎！」

「不然還能有誰？反正他那個人大學推甄已經通過，閒得很。結女同學也是，去徵求妳弟弟的許可吧。他一副就是對旅行不感興趣的樣子，妳得使盡手段把他哄騙去才行。」

「使、使手段……」

怎、怎麼使啊？

我與亞霜學姊一臉為難地面面相覷。她說得也對，那個水斗絕不可能跟我一起參加我這個圈子的旅行。該如何說服他才好呢……

「那邊不就剛好有個東西可以用嗎？」

紅會長這樣說，指了指放在亞霜學姊身旁的瓦楞紙箱。

就是那個裝有各種ＣＯＳ服的紙箱。

「怕普通約沒勝算，那就只能用上不普通的方式了，不是嗎？」

伊理戶結女◆仙人跳（看著辦）

……我的意識從淺眠之中浮上表層。

奇怪？我……睡著了啊。

我用迷迷糊糊的意識，迷迷糊糊地回想前一刻的記憶。記得剛才——

「…………………」

眼瞼微微睜開一條線的瞬間，我發現身旁站著一個人。

水斗他，正低頭看著我。

「————！」

我急忙重新閉上眼睛。同時，睡著之前的記憶也鮮明地重回腦海。

沒錯……那是在十月底。當時會長命令我帶水斗參加學生會的旅行，但因為那時生日這個重要的日子即將來臨……我就把這件事暫時擱置了。

可是，後來過了大約一星期，今天紅會長催促我：「差不多該確定人數了，妳快去約他。」於是封藏了一星期的那個東西，終於被迫解除封印。

那個東西——也就是暴露程度可比泳裝的，那件黑貓ＣＯＳ服。

千錯萬錯就不該動那個念頭，心想反正只有水斗以及學姊們看到，穿穿文化祭時不能穿的略嫌暴露的服裝或許也不錯——

結果我還來不及反應，學姊們就把這件衣服硬塞給我，說什麼：「這件借妳，記得照片傳給我喔！」「穿不穿是妳的自由，有東西可以用卻擺著不用就怪不得別人指責妳為小孬孬了喔。」斷了我的退路。

我不記得有跟學姊們明講過，我喜歡水斗——姑且不論純粹只是想看別人Cosplay的亞霜學姊，我看紅會長絕對是蓄意犯罪吧？是文化祭的時候穿幫的嗎？還是說，是據說擅長觀察人性的羽場學長告訴她的……？

總而言之，我不敢穿著這件衣服主動出擊，於是決定埋伏突襲放學回家的水斗。我的打算是用奇襲手段讓他心生動搖，然後立刻發動那個兄弟姊妹規定！就這樣讓他答應參加旅行。

本來……是這樣打算的……

我坐在水斗房間的床沿，等著房間的主人回來。我低頭看看自己的一身打扮，弄得自己坐立不安，又毫無意義地在房間裡東張西望——

後來的事就不記得了。

我睡著了。

怎、怎麼會偏偏在這種時候……！連僅有的一點點計畫都亂掉了！

都怪我反射性地假裝沒醒來，害我現在想爬起來也不行。完全錯失機會了。我只能緊閉眼瞼，感受著就站在我旁邊的水斗散發的氣息，以及落在我身上的視線。

怎、怎麼辦……！我該怎麼辦……！

我不能睜開眼睛，所以也不能確認短裙現在變成了什麼樣子。只知道沒有邋遢地把內褲全部露光，但裙襬有可能被壓亂了。沒、沒怎樣吧？內褲沒有露出來吧？我正在裝睡，所以連腿的位置都不能調整……！

缺乏防備的胸口還有臀部都讓我好在意。只要想到現在水斗可能正盯著我看，難以言喻

的悸動就在胸中撲通撲通直響，使我滿心忐忑不安。

這跟自己主動獻殷勤的感覺完全不同。穿給他看跟被他看到根本是兩回事！穿給水斗看的時候他會因為有所戒備而比較收斂，但是被他看到的時候，簡直就像把赤裸裸的慾望直接發洩在我身上——

……不對，不對，不對！不准退縮。我已不再是從前的我了。我已經改頭換面了！

的確，這是一個打瞌睡造成的偶發狀況。但是，我本來就打算用這身裝扮逼他就範！這不是被他看到，是我假裝被他看到，其實是故意秀給他看！

我想起了東頭同學。想起那個把水斗當朋友所以徹底卸下心防，整天毫無防備地在水斗面前暴露出不該給異性看到的姿態，那個天然女夢魔的行為舉止。

我要重現那套作法。

我就裝出一副毫無防備的姿態誘惑他，假如……他真的出手了！我就以現行犯逮捕他，逼迫他承諾跟我一起去旅行！

哥白尼革命、哥倫布的雞蛋、戈耳狄俄斯之結。

對現在的伊理戶結女來說，這點顛覆性思維只是小意思！

「……嗯～……」

我一邊極其逼真地發出夢囈般的低喃，一邊把側躺的身體轉成正躺。

翻身的瞬間！從我觀察東頭同學累積的經驗，我知道這個動作性感到令人驚愕。

如今，我第一次自己嘗試——明確了解到了其中的原理。

——輕輕一搖。

因為我感覺得出來，轉動身體時的力道……

輕柔地……搖晃了我的胸部。

啊嗚，嗚啊，啊啊啊啊啊啊！

被、被看到了……！絕對被看到了！換作是我也會看！要是東頭同學的胸部在晃動，我也一定會看的啊！

更糟的是我把雙臂在頭部兩側張開，躺成了毫無防備地暴露出身體的姿勢。感覺得到他在看我。儘管視線並不會伴隨著觸感，我卻覺得不設防地朝向天花板的圓凸雙胸，正被他目不轉睛地細細鑑賞！

再加上我這麼一翻身，裙子的狀態就更無從判斷了。

裙襬有沒有亂掉？雙腿會不會張太開？可是不自然地把雙腿併攏起來又會被他發現我其實醒著……！嗚嗚嗚，內褲搞不好走光了……！我記得今天……嗯，穿的應該不是太土氣的款式……——那樣的話，讓他看到一點點，或許也沒關係……？

就在一堆事情開始在腦中打轉時，狀況來了。

我被輕按了一下。

有人用手指，戳了戳我裸露的大腿。

咦……？咦？咦咦！

我、我被摸了？水斗摸我？本來還以為照水斗的個性，應該會什麼都沒發生就結束了的說！

因為我睡著了？我清醒的時候還要帥假裝不感興趣，結果一沒人盯著就給我變成禽獸？這、這個卑鄙小人！悶騷色狼！窩囊廢！

嘰的一聲，床鋪的彈簧發出了擠壓聲。

是水斗把膝蓋放到了床上。然後，我感覺有人把手壓在我的腰部旁邊。

咦？他想做什麼……？他想做什麼！

些微的呼吸，逐漸靠近我的身體。從腹部附近，徐徐往我的臉部靠近。呼吸經過我的胸部上方，往暴露在外的鎖骨，吹上一口滾燙的嘆息。

啊……！啊，啊……！感覺酥酥麻麻、刺刺癢癢、暈頭轉向——

「——等一下，現在還不行——！」

我裝不下去了。

當我回過神來時，我已經推開逼近我的那個肩膀，霍地坐起身來。

我、我還有很多事情都沒準備好！就算你是我的前男友，我覺得還是應該照順序來！我不知道怎麼說啦，總之像這樣縱慾而為會讓我怕怕的——！

「——啊，把妳吵醒了嗎？」

「…………咦？」

就在我眼前，傳來女孩子的聲音。

也就是剛剛被我抓住肩膀，推開的那個人。

我正面注視著那張臉，呆愣地開口說：

「…………東頭同學…………？」

「是。到府上叨擾了～」

東頭伊佐奈態度一派輕鬆，這樣跟我打招呼。

伊理戶水斗◆同行的條件

我是說過我跟伊佐奈閒扯淡之後回家，但可沒說回家之前有跟她說再見。

也沒什麼特別理由，總之她今天臨時決定到我家坐坐。所以，當我發現有隻黑貓在我床

上睡得香甜時，東頭伊佐奈就站在我旁邊。

而好奇心似乎勝過一切的她，沒徵求任何人的許可，就好像理所當然似的開始戳戳這隻貓的大腿，又把臉湊向她的胸口。

「沒有啦——只是覺得Cosplay女高中生的肌膚超情色的，一時忍不住就……」

「為什麼就只有這種時候這麼不客氣啦！」

由於犯人的手法實在快速果決，就連親眼目擊的我都沒能做出任何反應。竟然讓我親身體驗到了推理小說當中偶爾會有的「光明正大地犯案反而不會被發現」的那種圈套。

「……所以呢？」

話又說回來。

毫不客氣地上下打量別人的身體當然嚴重缺乏常識，但在別人的房間裡穿著黑貓裝呼呼大睡的傢伙，相比之下缺乏常識的程度有過之而無不及。

「請問妳這隻小黑貓，怎麼會在這種地方打瞌睡？」

「不、不准叫我小黑貓……」

結女在我床上坐成W字形，用力拉扯了一下迷你裙的裙襬。伊佐奈面無表情，死盯著她的這個動作不放。儘管沒寫在臉上，看來這位小姐內心相當興奮。

「我、我只是，想找你，做一件事……」

「什麼？那為什麼要穿成這樣？」

「不知為何自然而然就變成這樣了嘛！都是會長叫我穿這件衣服約你啦！」

會長？那個學姊啊……這讓我想起來，文化祭做企畫簡報的時候，那個學姊也是穿著ＣＯＳ服現身。難道她很愛玩Cosplay？

一聽到是那個天才學姊的提議，不知為何就覺得這個意味不明的行動也好像有它的意義在了……

「……所以，妳說想找我做什麼？請妳有話直說。」

「就、就是……」

雖說是受到上司的指示，她不惜穿上平常很少穿的大膽暴露服裝，也要找我一起做的事——究竟是什麼？坦白講，我完全想像不到。

結女偷偷抬頭看我一眼，說：

「……要不要，跟我一起去旅行？」

「…………旅行？」

「從二十一號開始的連假，會長在計劃大家一起去旅行啦！去神戶！你看嘛，十一月二十二日不是叫做『好夫婦日』嗎！所以我想說，那天如果能找你一起去旅行，就可以替媽媽他們安排夫妻相處的時間……」

我花了幾秒鐘，才弄懂她口若懸河的一番解釋。

十一月二十二日，好夫婦日。經她這麼一說，好像是有個這樣的節日。在那天送爸爸他們一段夫妻相處的時間，或許的確算得上一種孝行。

可是……那樣的話，只要結女去旅行的期間，我到川波家裡住兩天不就行了？

既然是紅學姊計劃的旅行，參加的應該都是學生會成員，我去不怕打擾到人家嗎？

看到結女抬頭盯著我的臉等答覆，我一時感到難以啟齒。

儘管她特地約我一起去的理由……美好的解釋要多少有多少。

「神戶啊——神戶有什麼可以玩的？吃牛肉？」

沒理會我們之間的奇妙緊張感，伊佐奈無憂無慮地偏了偏頭。

「呃——」結女像是試著回想，視線飄向上方說：

「會長有說過，或許可以訂到有馬溫泉的旅館。」

「有馬溫泉！我有聽過這個地名！」

「聽說還可以賞楓，這個季節去正是時候。」

「哦～話說回來，神戶縣在哪裡呀？很遠嗎？」

「……神戶不是縣。」

「它在兵庫縣，東頭同學……」

「咦？是這樣喔？」

我們學校好歹也是歷史悠久的明星學校，有這種學生沒問題嗎？

雖說伊佐奈的不諳世事不是今天才開始的，但我還是覺得她得學點最起碼的常識，否則哪天成為作者發表作品的時候會丟臉——

「——對喔。說得也是……」

聽到我喃喃自語，結女說：「怎麼了？」眼睛轉向了我。

我對神戶旅行不怎麼感興趣——但如果是這樣，或許去一趟也不錯。

「關於旅行的事……我只有一個條件。」

「咦？什、什麼條件……？」

我指著伊佐奈，說：

「可以帶這傢伙去的話，我就去。」

「……咦？」

「……唔欸？」

結女與伊佐奈，不約而同地眨了幾下眼睛。

亞霜愛沙◆不惜褪下小惡魔的外衣

「主人，歡迎回家♪」

我用最有魅力的抬眼攻勢，迎接打開學生會室房門的學長。

身高一百八十七公分的學長，從二十公分以上的高度低頭看著我這身模樣，詫異地皺起眉頭。哎喲哎喲，瞧你好像看到一個可疑人物似的。可以再興奮一點沒關係唷？

王道的貓耳Cosplay已經讓給小結子了，所以我選擇來個變化球。

也就是結合旗袍與女僕裝造型的中式女僕ＣＯＳ服。

它融合中國風設計與女僕裝特有的荷葉邊塑造出俏麗風格，是我特別喜愛的一件款式。

由於衣服是胸口大開的設計，我費了一番勁才擠出乳溝，但這對我來說不過是小事一樁。

「來來，主人請進。愛沙馬上為您端茶。」

看到學長依然皺著眉頭不說話，我繼續發動攻勢：

「……喂。該不會要等到我開噴，這個才會結束吧？」

「竟然說什麼噴……天都還沒黑呢，不可以喔，主人？」

討厭啦～看我故意扭動身體，學長一邊嘆氣，一邊去會客沙發那邊坐下。

我走到靠牆的櫃子那邊，動作俐落地準備茶水。學長靠在椅背上托著臉頰看著這樣的我，說：

「亞霜啊。以前當會長當得沒多認真的我來講或許沒啥說服力，但妳別老是在學生會室這樣胡鬧啦。這樣會變成不良示範的。」

「愛沙沒有在胡鬧啊，學長？愛沙可是非常認真的！」

我輕輕搖擺著裙襬，把倒了綠茶的茶杯放在學長面前。還不忘趁機向前彎身，把胸口露給他看。不過，只能說不愧是一整年都沒拜倒在我石榴裙下的學長。他看都沒看我一眼就拿起了茶杯。

學長嘶嘶有聲地喝茶時，我一屁股坐到他旁邊。我還順便試著輕觸了一下他的膝蓋附近，但學長連眉毛都沒挑一下。果然不好對付。

不過，今天的我可不會因為這點小事就退縮。這是因為今天，我可是身負讓學長參加神戶旅行的重大任務！

「對了，學長，最近有沒有什麼好玩的事呀？」

「啊——？哪有什麼好玩的啊。班上那些傢伙都進入了考生模式，變得超難約。雖然說是無可奈何，但總覺得好像被排擠了。」

「所以才會到早就卸任的學生會找人陪呀？學長你這人就是怕寂寞♪」

「要妳管。亞霜妳沒資格說我啦。」

「什麼～？學長你指什麼呀？嗚唷嗚唷～」

「肉麻死……」

看到我噗嗤嗤地笑，學長用鼻子輕哼了一聲。學長即使嫌煩，說了半天還是會陪我閒扯淡。不知從什麼時候開始，他那種有一搭沒一搭、懶得理我的反應竟然讓我越看越上癮。

已經十一月了……到畢業之前，只剩四個月。

由於還有自由到校期間，因此實際上會更短。

越想就越覺得時間不夠。學長很會照顧人，上了大學之後一定會交到很多朋友，會去參加酒局，也會認識漂亮的女大學生……高中時認識的死纏不放的學妹，很快就會被他遺忘。

……我不要那樣。

雖然我並沒有喜歡學長……可是，我不要那樣。

也許鈴理理是在給我機會。那個不懂得反省自己，活像鄉下老媽一樣催我什麼時候才要進一步發展關係的天才妹，或許是在對我大發慈悲。

意思就是：快趁這個機會做點什麼。

或許是在用高高在上的眼光，把機會送到我手上——總覺得越想越生氣。

總之不管怎樣，我不會就這樣放他畢業。

因為這樣的話，豈不是好像被他獲勝退場似的……一次就好，至少有那麼一次——我希望他能認真起來，好好看看我。

想讓他那雙總是幹勁缺缺的眼睛，變得認真起來。

「——那你想出去玩，一定很難吧。」

既然這樣，我或許也該……

不亂開玩笑，不挖苦人，不找藉口——

——認真地告訴他，比較好？

「學長，是這樣的——」

——我希望你，能跟我一起去旅行。

我本來是打算這麼說的。

本來是打算洗心革面，認真拜託他的。

可是——啊——！我哪有辦法說做到就做到嘛！以往我都是邊亂開玩笑邊跟他講話的啊！哪有辦法忽然就嚴肅起來啦！

「啊？——是哪樣？」

學長詫異地皺起眉頭，看著我。

「……這、這個嘛……那個，對啦，愛沙是想跟你說！昨天愛沙抽轉蛋中了大獎！」

「妳說過了。妳不是還用Discord送截圖逼我看？」

「啊……我、我忘記了。那就……啊，有了！『Ape英雄』出補丁了！等更新之後要不要一起打雙排？」

「是無所謂，但這種事需要穿ＣＯＳ服說嗎？」

「嗚……」

怎、怎麼辦怎麼辦怎麼辦？越是想找藉口，離原本想講的話就越遠！

就在我的腦袋準備開始打結時，學長把剩下的茶一口喝乾，然後嘆著氣說：

「是旅行吧。」

「咦？」

我嚇了一跳抬頭看學長的臉，他把茶杯放回桌上，說：

「最近又是學生會的交接又是辦活動，有一段時間都沒空檔。照紅那種喜歡旅行的個性，我早就猜到該來了……更主要的是——」

學長隨便斜看我一眼，像是憋不住笑意般揚起嘴角。

「妳每次講話像這樣支支吾吾的，大多都是有事情要拜託我。妳大概是很想聰明又瀟灑地約我吧，但這樣只是拐彎抹角，根本沒意義。妳沒那方面的才華，有話直說就對啦。」

「還是說……」他說。

學長露出比我調皮上千倍的笑臉，低頭看著我。

「約我去旅行讓妳怕成這樣喔？太廢了吧。」

「廢……！什麼叫做太廢了啊，竟然這樣講！誰說愛沙怕了！」

當然怕了。

也許學長很快就要走了。

也許已經沒有多餘機會讓我失敗。

想到這些，我當然會怕了。

……即使如此……

「愛沙……才沒有在怕。」

所以。

我把體重壓在放到學長膝蓋上的那隻手上，往他挺出身子。

認真地。

從極近距離內，湊過去看著學長的眼睛，說：

「學長。」

請你，不要把我變成高中時代的回憶。

「愛沙希望——你能跟愛沙，一起去旅行。」

伊理戶結女◆不讓她寂寞的方法

「咦？去神戶旅行？」

曉月同學的嘴巴離開正要大口咬下的紅豆麵包，睜圓了眼睛。

「對呀。紅會長邀請我……所以，三天連假沒辦法一起去玩了。對不起喔。」

見我雙手合十道歉，麻希同學說「是這樣啊～」手肘支在桌上說：

「既然已經有約就沒辦法啦。是說伊理戶同學，妳跟學生會的成員們處得還真好耶。」

「竟然能夠一塊兒去旅遊，感情可不是普通的好哪。」

奈須華同學我行我素地邊吃便當邊說：

「南妹之前還說伊理妹會怕生，擔心妳會不會怎樣的說呢～」

「咦？是這樣喔……？應、應該說，妳們原本就覺得我會怕生嗎……？」

「不管怎麼看都很怕生吧～」

「不管怎麼看都是一副怕生樣唷？」

早……早就穿幫了……？那我剛入學的那段時期還那麼拚命維護形象，到底都在耍什麼呆……？

「是吧，小月月！」

「咦？……啊——嗯！就是啊！」

曉月同學這才終於開始啃紅豆麵包，一邊像松鼠一樣細嚼慢嚥一邊說：

「因為學生會光聽就覺得很要求紀律嘛！可是體育祭的時候跟她們講到話，發現比想像中平易近人多了～結果我也跟她們變成好朋友了！」

「那是因為小月月是社交強者啦！」

「妳說跟人家變成好朋友，是所有人嗎？」

「女生的話是所有人吧～」

咦？我知道她已經跟亞霜學姊還有明日葉院同學認識，可是連紅會長也是嗎？

什、什麼時候認識的……曉月同學與人親近的能力，看在我眼裡簡直是脫離常軌。

「我偶爾會傳ＬＩＮＥ給她們～雖然明日葉院同學幾乎都不回我就是了。」

大概必須要光憑這樣就能斷言「已經變成好朋友」才有資格成為正牌社交強者吧。正當我看破世間道理時，曉月同學咕嘟一聲嚥下紅豆麵包，說：

「期待妳的伴手禮喔，結女！既然是那位會長企劃的旅行，感覺好像很有得玩呢！」

「嗯，我會記得買的。」

曉月同學的表情，跟平常一樣開朗。

然而，其實我知道。知道她儘管這麼開朗，跟誰都能做朋友，手機通知從來沒有中斷過，其實卻比誰都要更怕寂寞。

……仔細想想，好像有一陣子沒跟曉月同學出去玩了。

我明明知道學生會固然重要，但曉月同學對我來說也同樣……甚至是比那更重要。

放學後，全體成員在學生會室集合，紅會長看著我與亞霜學姊說了。

「看來妳們都各自約到人了。」

「雖然比當初預料的多花了點時間，但不要緊，還在預測範圍內。結女同學，關於增加人數的事情妳也可以放心。只有他一個人參加的話確實是有點太孤單了。」

「謝謝會長。」

會長二話不說就答應讓東頭同學參加。可是，水斗之所以提出讓東頭同學同行作為條件，並不是因為「沒人聊天很寂寞」什麼的。

聽說最近，東頭同學開始正式練習畫畫了。

她似乎原本就會拿輕小說的封面或插畫照著畫，畫的都是人物，但最近似乎對背景也開始產生興趣，在網路上找了很多資料。

可是，這樣能參考的範圍還是有限，她的說法是想畫氣氛十足的非日常風景，卻礙於缺乏想像力。這是因為東頭家基本上興趣都偏向室內派，幾乎從不出外旅行什麼的。

而她似乎正好跟水斗透露過這方面的煩惱。

而就在這時，我又提出了邀約——雖說地方很近，但溫泉已經算是夠脫離日常生活的景點，於是水斗就想到，或許可以趁機給東頭同學提供一點靈感。

……那男的是怎樣？他是東頭同學的責任編輯嗎？

算了，沒差。反正本來就不是只有我們倆的旅行嘛！可是這麼一來，那男的可能會變得到哪都跟東頭同學在一起……這下該怎麼辦……

「聽妳講得高高在上的，那我請問妳。」

亞霜學姊講話頂撞紅會長。

「鈴理理妳自己有沒有約到？約阿丈同學，而且乖乖穿著ＣＯＳ服！」

「用不著小生特地去約。不管到哪裡，有小生在就有阿丈在。」

……怎麼感覺很奸詐……

我跟亞霜學姊一起噘起嘴唇。至於羽場學長本人則是一如往常地化作背景，嚴肅認真地繼續做學生會的工作。

「回到正題，這下就有八個人參加旅行……」

「咦？請等一下。」

這時，原本置身事外地盯著電腦的明日葉院同學叫出聲來。

「學姊妳說八人……該不會是把我也算進去了吧？」

「嗯？那是當然的了……妳不方便嗎？」

「沒、沒有……能夠跟會長去旅行，那個，是很讓人動心，只是……」

明日葉院同學吞吞吐吐地說完後，多少有所顧慮地瞥了羽場學長一眼。

「……要我跟男生一起去旅行，就實在，有點……雖然很不好意思，但希望學姊可以准許我不參加……」

「不──准──！」

亞霜學姊霍地抱住了明日葉院同學，打斷她的話。

「蘭蘭也一定要去──！不然多沒意思啊！」

「……不是，學姊。雖然妳這麼說……」

「我們一起泡溫泉嘛──！互相幫對方洗澡嘛──！讓我看妳光溜溜的咪咪嘛──！」

「請妳下流黃腔不要開得這麼直接好嗎！羽場學長也在耶！」

就如同大家所看到的，學生會是個女生占過半數的空間，因此時不時地會冒出男生很難加入的話題，但我從沒看過羽場學長為此感到尷尬。感覺得到一種身經百戰的氣場。

「反正鈴理理會出錢嘛——不去豈不是很吃虧嗎？這可是妳最喜歡的鈴理理提出的企畫喔——？」

「可、可是……不是聽說除了學生會之外，還有其他男生參加嗎……」

「不～用擔心啦！人家是小結子的弟弟，不會是那種很輕浮的男生啦！對不對？」

「是的，他還好。假如他敢對明日葉院同學動手動腳，我會負起責任給他好看的。」

畢竟有過東頭同學這個先例，不能保證絕對沒有個萬一。況且明日葉院同學應該也有把水斗視為競爭全年級榜首的對手放在心上——這世上也不是沒發生過競爭心態發生一百八十度大轉變的狀況……越是去思考這個問題，就覺得跟我開始對水斗產生好感的契機越相似，真讓人不安！

「看，小結子都這樣說了耶？」

「不，可是，男生就是男生啊！竟然要我跟男生去旅行……」

「（——一整天都可以跟鈴理理在一起唷？）」

亞霜學姊把嘴巴湊到明日葉院同學的耳邊，像惡魔一般對她呢喃。

「（從早到晚，二十四小時都在一起唷？不管是早上剛睡醒的表情，還是晚上打瞌睡的表情，全部都隨妳看個過癮唷？這些表情，其他同學都沒有人看過唷？）」

「嗚……我、我才沒有用那種……充滿邪念的眼光——」

「（妳不想幫鈴理理洗背嗎？）」

「嗚嗚嗚嗚嗚～～～……！」

明日葉院同學就像惡魔附身的人被驅魔師淨化那樣痛苦呻吟。

就連我也知道，明日葉院同學對紅會長的感情已經超出尊敬的範疇，達到信仰的領域了。並不是只有戀愛中的人，才會想要更親近自己喜歡的人事物。

「（我怕妳會後悔喔……一個人度過孤獨的三天連假……心想——要不是那時候拒絕，現在已經跟鈴理理一起泡溫泉了的說～）」

「——哎喲，好了啦！知道了啦！我知道了！我去就是了嘛！」

「好耶——！」

真不知道亞霜學姊怎麼那麼會煽動他人的欲望……

「那麼蘭同學也決定要參加了吧？」

不曉得有沒有聽見剛才那篇惡魔的呢喃，紅會長神色自若地如此下結論，說：

「那麼小生重複一遍，這下就有八個人參加旅行，女生五人、男生三人……說到這裡，有件事想跟大家商量。」

「「「？」」」

「其實小生訂到的房間，是六人房跟四人房。所以如果可以男生女生再各找一個來參加，人數會更剛好——」

再來兩個人，男女生各一。

要加入這個團體，必須是相當值得信賴的對象。最好是跟會長他們認識，或是不會因為怕生而破壞旅行氣氛的社交人才……

我的腦中浮現出我最好的朋友，以及她的青梅竹馬的臉龐。

如果是那兩個人，就完全符合要求了。

只是有一個問題——

「……？怎麼了，伊理戶同學？問我的話很抱歉，我這邊沒有人可以約喔。」

——只是有一個問題，就是其中一人，是明日葉院同學最討厭的那種有點輕浮的男生。

但應該無所謂吧。

「會長，如果是這樣，我有想到人選——」

你可別誤會了。是結女要我約你，我才會開這個口！

「………………」

傲嬌一個。

不管誰聽到都會說是傲嬌一個。

「啊～……怎麼辦啦～……」

我把枕頭抱進胸前，在床上翻來滾去。

結女約我去參加學生會長主辦的旅行。

這件事本身當然是棒到不行。本來還覺得被拋下了好寂寞，所以能夠被約讓我的開心程度加倍。我想都沒想就答應了。

問題是，結女提出了一項條件：

——男生房間那邊還能再住一個人，妳要約川波同學一起來唷。

雖然是講電話，但我敢保證。

那時候的結女，絕對是在偷笑。

自從學習集訓那次以來，結女一定有在瞎猜我跟川波的關係！實在很想跟她說，我們之間的關係沒她想的那麼有笑點啦！是很敏感又負面的關係好嗎！拜託不要出於一時好奇就攝

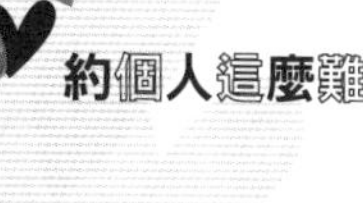

風點火啦！就因為我老愛對她的大小事情插嘴！雖然她這種喜歡戀愛話題的個性也很可愛就是了！

「……唉。」

我該怎麼約他呢？

用正常方式開口是不行的。那男的可是自我意識過剩到沒人能治的地步——我要是開口約他去旅行，他鐵定會心生誤會搞到戀愛感情過敏症發作。

只有我知道他有那種難搞的體質，一旦察覺到別人對自己有戀愛上的好感，就會引發蕁麻疹或噁心反胃等症狀。

最麻煩的是，就算對方實際上沒有那個意思，只要那傢伙自己這麼覺得就算出局。

……要是換成我以外的人，大概不會有這麼多問題吧。

以我來說嘛，好吧——因為他已經知道，最起碼我以前曾經對他有過那種意思。

再補充一點，就是他也知道我到現在還像個傻子一樣沒把那場失戀放下。

所以整件事都充滿了可能性。從頭到尾不管從哪個角度來看都像是還有譜。

當然，我是說看在他的眼裡啦。

「這下該怎麼辦好呢～～～」

要是我像這樣翻來覆去的時候，有人能幫我解決就好了～～～

沒有太多時間讓我蘑菇。結女已經跟我說過，希望我今天就能開口約他。

可是，我好歹也是個女生，竟然要開口約一個男生去旅行，怎麼想都是滿滿的企圖吧。而且還是溫泉耶？完全就是在說「我們從早到晚黏在一起，連洗澡的時候都可以耍甜蜜唷」！結女到底是怎麼約到伊理戶同學的啦！

是我想太多了嗎？反正又不是就我們兩個，伊理戶同學還有東頭同學之類的熟人也會參加啊。我這樣緊張兮兮地開口，說不定反而顯得有企圖——

——啵。

手機發出通知聲，我反射性地把它拿起來。

〈吃過飯了沒？〉

我嚇得抖了一下之後渾身僵硬。

是川波的訊息。

〈還沒吃的話，我們去家庭餐廳吧。〉

我停頓了有一段時間，但既然訊息已經顯示已讀，我得快點回覆，而且要回得自然，否則會讓他起疑。

〈又吃那個啊～不覺得有點膩了嗎？〉

〈妳如果說要煮給我吃，我可以考慮一下喔？〉

這傢伙真是夠了。明明就是那種體質，為什麼要講這種搧風點火的話？

想戰就來啊。我打了一段反擊的訊息：

〈小心被我掌握你的胃喔♪〉

〈不會裝就不要裝。〉

看到附上嘔吐表情貼的訊息，我微微噘起嘴唇。我只要拿出真本事，要裝可愛還難得倒我嗎？

不過話說回來，像這樣擺明了在開玩笑的話，這傢伙就不會怎樣呢。但想想也是，如果連這樣都不行就會影響到日常生活了。

「………啊，我想到了。」

只要把整件事弄成開玩笑就行了。

「讓你久等了♪」

「喔～……——喔？」

川波在公寓的入口大廳跟我會合，一轉頭看到我就擺出一副看到珍禽異獸的臉孔。

這時候的我，替自己做了個大改造。

荷葉邊較多的女版襯衫，搭配平常很少穿的裙子。髮型也不是馬尾，而是放下一頭長髮。鞋子是女子力全開的圓頭樂福鞋，從頭頂到腳尖，不管去到哪裡都是個上得了檯面的「標準女生」。

「好看嗎？」

川波當場僵住了好一會兒，然後抽動著嘴角說：

「妳……到底是有多不服輸啊……」

我直接當作沒聽見，逼近過去用滴溜溜的大眼睛抬眼看他。

「好、看、嗎？」

「啊──……好看啦好看啦。以妳的這種身高，穿起蘿莉控會喜歡的衣服是真的很搭。」

「呵呵呵呵呵。」

找死嗎──？

我這是「在大學迎新活動企圖把純潔新生打包帶回家的女人」的Cosplay好嗎──？

我完美隱藏起內心的殺意，用可愛的小碎步走過去，占據川波身邊的位置。

「那麼，我們走吧～」

「還要玩下去啊！是說妳講話幹嘛拉長語尾啊？也太注重細節了吧。」

「（呈現的感覺也很重要啊。是不是？）」

「夠了夠了，不要這麼輕聲細語的！」

我故意不跟他貼太近，保持在只能感受到些微體溫的距離，往家庭餐廳走去。很好。

維持這個模式的話，不管我做什麼他都不會當真。這樣要提旅行的事也簡單多了。我真是個天才！

我們走進常去的家庭餐廳，讓店員為我們帶位。我自然而然地在靠牆的位置坐下，拿起菜單「嗯——」了一聲歪頭說：

「香烤起司嫩雞。」

「妳這種打扮的女人最好是會吃這種東西。」

「為什麼～？起司很可愛啊～」

「我看妳是覺得總之只要加句『可愛』就能裝得像吧？」

被抓包了。

沒關係，解析度低一點更有效。川波點了漢堡排跟白飯，我開始滑手機。

我一邊迅速瀏覽累積的通知，一邊輪流對幾個群組聊天回訊息。根據結女的說法，像我這樣同時跟多個群組聊天好像堪稱「神乎其技」，但我早就習慣了。漏掉任何一個話題反而會讓我坐立不安，忍不住都要回覆。

坐我對面的川波也一樣，邊喝水邊流暢地滑動手機螢幕。殊不知小學的時候我們倆的個性其實幾乎正好相反，只能說環境真的會造就一個人。

跟結女她們在一起的時候，我會滑手機但不會停止聊天。會覺得每分每秒都不能浪費。

但是，跟這傢伙一起的時候，我們大多時候都保持沉默。我們彼此都不會因此而尷尬，都覺得這是理所當然。

簡直就像是準備分手的情侶……或者，一家人？

我不經意地想到，既然我們各自高興怎樣就怎樣，為什麼要一起來吃飯？其實不用聯絡，也不用約碰面，自己愛去家庭餐廳就去也不會怎樣。為什麼我們卻好像理所當然似的坐同一桌？

以前，那是因為我們是鄰居。

後來，是因為我們是情侶。

那現在呢？

青梅竹馬的關係，早已隨著感情破裂而消逝。現在的我們是前青梅竹馬兼前情侶——換個說法，只不過是過往關係的殘影。

就像秋天掉在地上的蟬殼，現在的我們沒有內在關係。

這個閃過腦海的比喻，讓我不經意地想到……

說到這個，蟬殼是從什麼時候開始失去蹤影的？

季節，已經進入十一月了……

「差不多該把冬衣拿出來啦。」

川波看著手機，自言自語般地說了。

「已經不只是有涼意嘍。最近泡澡都開始會心懷感激了。」

殘影，不會永遠殘留下去。

留下的只有傷痕。只有我讓這傢伙受到的傷害。

而我再也無法那樣厚顏無恥，為了這種事感到高興。

儘管我並不想回到從前，也不想往前走。

但是我——確實很想補償他。

「——既然這樣……」

我不知道有什麼方法。

只是可以肯定的是，繼續這樣下去是不行的。

「要不要跟我，去泡溫泉？」

川波看著我的臉，嘲諷地彎起了嘴唇。

沒錯。

為了補償他，要我扮演小丑多久都行。

伊理戶結女◆捫心自問

「結女──！那件事ＯＫ嘍！」

曉月同學在學校這樣跟我說，我高興地合起雙手。

「妳真的約到他了！不愧是曉月同學，說做就做！」

「就只是開口約一下啊，不需要多少時間啦～」

「…………」

就是說呀。

根本不需要什麼時間或Cosplay，對吧？

「話又說回來，這次旅行團人好多喔～」

曉月同學一邊說，一邊彎著手指一個兩個地數，說：

「總共加起來十個人對吧？根本是修學旅行了嘛。」

「嗯。不過會長說人這麼多不好逛，所以到了當地就會分組各自行動……是不是該替你們安排一下兩人獨處的時間？」

「這是我要說的好不好！」

曉月同學先是這樣奚落我，「不過……」接著視線稍微飄向旁邊。

「說不定——真的會拜託妳喔。」

在她的視線前方，川波同學正在跟水斗說話。

我猛然反應過來，說：

「真……真的？」

「嗯。」

曉月同學臉上浮現的笑意，顯得有些成熟。

「這次——可能有點認真。」

她並沒有直接問我。

我想曉月同學，可能根本沒有半點那種念頭。

我卻自然而然地想到：

——我，有認真面對這件事嗎？

無意識之中，我摸摸嘴唇。

摸摸在那無人經過的神社，被煙火照亮，伴隨著決心相觸的部位。

我，有認真面對這件事嗎？

有認真地——想變成另一種關係嗎？

羽場丈兒◆黯淡無光的願望

我自從有生以來，就接受了活在背景中的人生。

不用混入人群，不用藏身於群眾，我的外貌或者是氣質，讓我只不過是維持常態就會被排除在他人的意識之外。這種只能用與生俱來的氣場來解釋的體質，儘管有時會造成困擾，卻從來不曾讓我為此心煩。

對我這樣的小人物來說剛剛好。

這種不會映入任何人眼中的、眾人視野的死角，對我這種一無可取之處的人來說最是自在——甚至可以說，這才是我唯一也是最大的可取之處。

我不需要鎂光燈。

因為在這世界上，多得是其他優秀的人物（演員）。

例如，取得他人信賴的能力高人一等的人。

例如，從不放棄面對自己的缺點的人。

例如，把嘔心瀝血努力上進視為理所當然的人。

例如——自帶領袖魅力，讓所有人為之著迷的人。

鎂光燈是為了他們與她們而存在的。越多光芒打在他們身上，就越能突顯他們天生具備的光彩。

把光打在我這種人身上，只會暴露出一個人形空殼。

所以我當路人甲就好。我想活在背景當中，這是我最大的心願。

誰知道……

——羽場同學，請你跟小生一起加入學生會。

偏偏只有光彩強過所有人，與我距離最遙遠的她，想把我帶離背景。

羽場丈兒◆不是普通奇怪的一群旅伴

提早去約好的地點對我來說沒好處。反正別人不會看到我，我也當不了大家的辨識目標。所以我準時抵達，不動聲色地加入已經集合的成員之中。這是我一貫的作法。

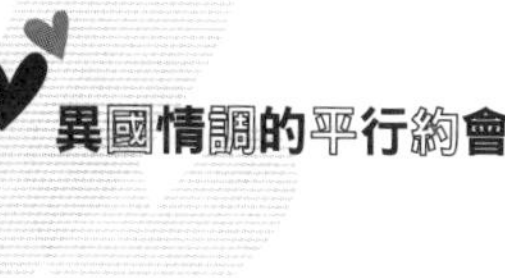

「——哦，他來了。阿丈！我們在這邊！」

當然，我是說紅鈴理不在現場的話。

在國內外人潮聚集的京都車站中央口驗票閘門前，紅同學一眼就看到我，大動作地揮手。

被她用那麼悅耳的嗓音呼喚，感覺大家的眼睛都轉向了我，讓我很不自在。我稍微加快腳步走到通往車站地下的電扶梯旁邊，跟在那邊集合的一群人會合。

很久沒看到紅同學穿便服了。下半身是短褲搭配絲襪，採用露出優美腿型的成熟風格。相反地，上半身卻是大尺碼的女版襯衫，光看這個部分會覺得有點孩子氣。我是不太清楚，不過刻意混搭出反差感，似乎正能顯現出紅同學的穿著品味。

紅同學把綁成小麻花辮的側邊瀏海當成鐘擺一樣搖晃，淘氣地微笑了。

「你似乎比平常早到了一點。是不是迫不及待了？」

「……我只是從成員來考量，覺得可能會提早集合罷了。」

我的聲音小到幾乎被四周路人蓋過，紅同學卻開心地吃吃發笑。

「那可得感謝這些守規矩的同學了，讓小生能比平常更早見到阿丈。」

這個人又來了，講這些肉麻兮兮的話都不臉紅的。而且聲量剛剛好只會被離她最近的我聽見。

「嗯？」翠玉色的眼眸定睛注視著我，觀察我的反應，我迅速把臉別開不敢看她。表面上則是假裝看看有哪些成員已經到了。

除了我與紅同學以外，還有三個人已經來了。分別是亞霜同學、明日葉院同學以及星邊前會長。都是學生會常見的熟面孔。

亞霜同學像平常一樣抱住明日葉院同學，明日葉院同學也像平常一樣煩不勝煩地把她拉開。星邊學長在導覽牌旁邊靠著欄杆，邊吞下呵欠邊滑手機。

集合時間是上午九點——約得還算早，但別看前會長這樣，其實屬於很有守時觀念的類型。令我感到意外的，反而是學生會的另一名成員——伊理戶同學還沒到。

「結女同學說她帶著其他人，已經在路上了。」

紅同學擅自猜中我的想法，如此說了。

「似乎是花了太多時間把早上起不來的弟弟叫醒。但還是會趕上電車。」

伊理戶同學的弟弟——伊理戶水斗是吧。

我沒跟他直接講過話，但我對那個一年級學生有著單方面的排斥感。明明遇事總是一副事不關己的態度，偏偏在重要時刻卻能發揮奇怪的存在感——不知是嫉妒，還是同類相輕？我自己也無法釐清這種情緒反應，總之只不過是看到他的臉，就讓我有種不耐煩的感覺。

「……嗯，說人人到。」

「啊！小結子———！這邊這邊！」

從路上來往的行人當中，一個留著黑色長髮的女生，帶著兩個人用小跑步跑過來。

伊理戶同學一邊調整有點紊亂的呼吸，一邊帶著歉疚的神情看向紅同學。

「對不起，會長……有點小遲到。」

「不要緊的。不是跟妳說過只要趕得上電車就好嗎？」

我若無其事地繞到紅同學的背後，眼睛望向伊理戶同學帶來的兩名人物。

其中一個我在文化祭執行委員會上見過他，就是伊理戶水斗。沉著自若的細瘦臉孔打了個小呵欠。頭髮睡亂了沒梳好，看來早上是真的起不來。據說最近他開始博得女生的人氣，不知道這種部分是否也是原因之一。

另一人是我沒見過的女生。這個女生看起來有點土氣，黏在伊理戶水斗的身邊不放。雖然體格絕不算嬌小，但那副神態活像是緊跟爸媽身邊的小鹿，使她顯得比實際上弱小許多。

東頭伊佐奈……記得是叫這個名字。有傳聞說這個女生跟伊理戶水斗正在交往。這是我第一次見到她，但照這樣子看來也許不是謠言。之所以看起來畏畏縮縮的，想必是因為有很多人她都不認識。整個人散發出典型的怕生氣質。

就像我們一樣，替換衣物之類比較占位子的行李，都已經先寄去旅館了。所以他們三個幾乎都是空手而來。

「哦！小結子，這兩個人是？」

亞霜同學不知什麼時候湊了過來，對伊理戶同學背後的兩人表示興趣後，伊理戶同學「啊」了一聲站到旁邊，說：

「我來介紹，他是我的繼弟……」

「我不記得有變成妳的弟弟。」

「——是是是，他是我的繼兄弟，伊理戶水斗。」

伊理戶水斗簡單打個招呼。一副圓滑地跟人保持距離的態度。

然而，亞霜同學這個社交能力鬼才根本不管那麼多，「哦——」對他品頭論足了一頓，說：

「說到這個，我好像在哪裡見過你耶。這樣湊近一看，你長得還滿可愛的嘛？」

「……學姊，不可以喔。」

伊理戶同學如此說完，伸出手臂擋在繼弟面前，像是要保護他。

亞霜同學很刻意地偏著頭說：

「什麼意思？」

「禁止小惡魔手段！」

「好過分喔。我看起來像是看到男生就不分對象暗中挑逗的女人嗎～？」

應。

「但我聽說妳以前就有勾引過羽場學長！」

亞霜同學吐舌裝可愛，耍小心機打馬虎眼。那時候搞得我也很困擾，都不知道該做何反應。

我沒多想就往旁邊一看，只見明日葉院同學在亞霜同學的背後，對伊理戶水斗投以流露敵意的視線。

她既然對伊理戶同學燃燒著競爭意識，當然，名次僅次於伊理戶同學、全年級排名第二的伊理戶水斗對她來說也是勁敵。之所以沒有主動上前挑釁，大概是因為對方是男生吧。

「然後，她是東頭同學。」

伊理戶同學如此介紹後，打扮比較俗氣的女生繼續黏著伊理戶水斗，口齒不清地說：

「請、請打家囉囉指教……」低頭致意。

「嗯，請多指教！我叫亞霜愛沙！」

「請多指教，小生叫紅鈴理。」

亞霜同學與紅同學雖然也這樣回話致意——

——她們視線往下移動……

我看出她們的雙眼就像是受到吸引般，滑向了東頭同學的胸部。

「……哦。這可真是……」

「雖然早有耳聞，但真是令人驚嘆無語啊……」

我本著紳士風度，絕沒有失禮冒犯地對她上下打量，她們卻毫不客氣地直盯著瞧。而且還忽然擺出一副鑑賞古董的專家面孔，一本正經地「嗯——」「唔……」地低聲嘖嘖稱奇。

就算說都是女生也太不尊重人了吧……就在我這麼想的時候——

「恕我僭越提醒兩位學姊，像這樣盯著女性的胸部看，即使是同性恐怕也不太禮貌吧。」

站在兩人背後的明日葉院同學，邊嘆氣邊如此說了。

紅同學她們回過頭去，說：

「也是，真不好意思。就連小生也不禁大受震撼呢。」

「這怎麼可能不看嘛！誰都會看啦！我敢斷言！」

「這不能當成藉口吧……」

明日葉院同學一臉傻眼，但我已經發現到一件事。

有個人正在用興味盎然的眼光，低頭看著明日葉院同學她本人那不符嬌小體格的胸部。

「ＯＨ……」

東頭同學讚嘆地發出低呼。

「……真人版蘿莉巨乳……」

「妳說誰是蘿莉巨乳了！」

明日葉院同學一聽到這話，立刻橫眉豎目地跟東頭同學抗議。

東頭同學嚇得肩膀猛地往上彈起，說：

「對、對不起！正確叫法應該是嬌小豐滿型才對嘛！」

「問題不在於叫法！如果有人第一次見到妳就講妳的胸部怎樣，妳也不會高興吧！」

「真、真的很對不起……！因為我只有在ACG裡看到這種豪乳肉感身材，一不小心就……！」

「豪……！妳、妳說肉什麼……！」

「啊哇，啊哇哇哇哇……」

面對面紅耳赤血壓升高的明日葉院同學，東頭同學變成了只會啊哇啊哇叫的機器人。伊理戶同學急忙上前當和事佬。

原來如此。看來那個女生屬於容易多嘴的類型。

我想伊理戶同學或許會負責照顧她，但這幾天恐怕有得吵了……

講著講著，最後的兩個人也鑽過路上人群來到了我們面前。

「讓大家久等了——！」

一個跟明日葉院同學同樣嬌小的馬尾髮型女生，蹦蹦跳跳地跑了過來。後面出現一個把頭髮染成亮色系、外表清爽有型的男生，就像個監護人那樣不慌不忙地追過來。

馬尾女生在紅同學的面前站定，深深一鞠躬。

「我叫南曉月！這幾天請學姊多多關照！」

「哈哈，看妳講話像個體育社員似的。曉月同學，我們不是第一次見面了，妳不用這麼畢恭畢敬的。」

「嘿嘿嘿。我去很多社團幫忙，幫著幫著就被影響了～」

紅同學不知道什麼時候，已經跟那個姓南的一年級女同學混熟了。紅同學本身已經稱得上交遊廣闊了，但南同學的行動力說不定比她還要強。

「學長學姊好～我姓川波。請大家多多指教——」

接著另一個男生——川波小暮邊說邊簡單地打個招呼。

「嗯，我叫紅鈴理，請多指教。聽說你跟曉月同學從小就認識？」

紅同學微笑著說：

「是啦，盡量講好聽點的話就差不多是那樣。」

南同學臉上浮現可怕嚇人的微笑。

「哦——？川波～那如果盡量講難聽點會是什麼呢～？」

「……主人與奴隸吧？」

「要不要我來提醒你誰才是奴隸呀～？」

「笨、笨蛋快住手！今天有外人在耶！」

沒有外人在的話會變成怎樣？總之那兩人關係相當親密似乎是再明顯不過的事實。

這兩人似乎屬於用心經營人際關係的類型，跟我們這些學長姊一個一個打招呼……只有明日葉院同學退後一步，巧妙地避開川波同學的致意。他的確是明日葉院同學可能不太喜歡的那種類型。雖然就我看來他只是待人友善，並不到輕浮的地步。

「你是星邊學長對吧？久仰大名。」

「反正一定不是什麼好名聲吧？」

「不不，都是學長的英雄事蹟啦。」

川波同學即使面對星邊學長一樣毫不畏懼。學長個頭高大，髮型又有點像不良少年，所以大家一開始都會有點怕他，但看來這個學弟沒有那種概念。團體當中有一個像他那樣的男生，說實話很有幫助。

這下成員就統統到齊了。

我保持些許距離站在紅同學背後，環顧在導覽牌前集合的九個人。

不知不覺間，成員自然地分成了伊理戶同學召集來的一年級組五人，以及我們學生會組的五人。

一年級組那邊感覺是以伊理戶同學為中心，再加上川波同學與南同學作為核心人物。其餘二人——伊理戶水斗與東頭同學，則是遠離他們一步講悄悄話。

伊理戶同學頻繁地找話題跟他們倆聊，想讓他們加入對話——不對，看起來像是她自己想加入他們之間。而每當她表現出這樣的意思，川波同學與南同學這兩個人就會不動聲色地幫忙。

我隱約看出那五個人的力量關係了。乍看之下像是只有兩人的世界，其實那兩個人——伊理戶水斗與東頭同學，才是那五個人的中心。其他三個人應該說是附屬關係嗎？給我一種隨著兩人起舞的印象。

……我看不會是一般的好朋友圈子。

比起他們，我們這邊——學生會組可以說比較單純。就跟平常一樣，亞霜同學照樣跑去糾纏星邊學長，明日葉院同學則是對紅同學投以崇拜的眼光。要說有哪裡不同，就是明日葉院同學不時會對伊理戶水斗表現出敵意、對川波同學投出充滿戒心的視線，或是看著東頭同學露出迷惑的表情。

這樣的一群人要外宿三天兩夜啊——

「——怎麼樣？」

紅同學冷不防地進入我的視野，我卻沒有動搖。

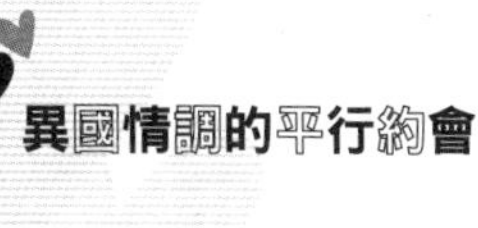

當然心臟是劇烈地跳動了一下，但我早已習慣不把感情顯現在表情或態度上了。

紅同學眼中充滿了好奇心。不知道為什麼，她總是異樣地想知道我對他人的看法。

「……我可以實話實說嗎？」

「嗯。」

「九個人實在太多了。」

我一說，紅同學顯得有些無奈地苦笑了。

「不要理所當然地把自己屏除在外。」

這怪不得我。

我的眼睛看不見我自己。

只有妳性能優越的眼眸，能映照出我的身影。

伊理戶水斗◆曖昧不明的是……

大家打過照面後，我們從京都車站搭乘ＪＲ京都線，一路往西前進。

雖然是連假第一天，但不知是不是運氣好，還有空位可以讓大家坐在一起。我坐到對面座的窗邊座位後，伊佐奈立刻像是怕被拋下般迅速坐到我旁邊。結女過來坐我對面，斜對面就空著。

川波還有南同學等其他七個人，各自前往其他的空位。但是這個車廂的座位全部都是雙人座，無論如何就是會多出一個人。

結果導致學生會那個嬌小的女生（明日……忘記叫什麼了）站在走道中間東張西望。

「明日葉院同學，這邊。」

被結女招手呼喚，嬌小女生──明日野苑？──走了過來。她表情有點僵硬地看看我與伊佐奈之後，一邊以眼神致意一邊在結女身旁坐下。

這個女生雖然個頭嬌小，但稍微給人個性古板的印象。服裝是樸素的襯衫加背心，下面是牛仔褲，跟短髮搭配起來或許算是有點中性的感覺。之所以講得這麼勉強，不得不說是因為她的身材實在太有女人味，教人無法忽視。在我的視野邊緣，坐旁邊的伊佐奈盯著她的胸部不放。

「呃──……剛才有介紹過嗎？她是明日葉院同學，我們是同一時期加入學生會的。」

結女體貼地幫忙做介紹，但明日葉院同學本人只簡單打個招呼說：「……你們好。」是怎麼了？從她看我的眼光當中，可以感覺到一種難以形容的敵意……

既然跟結女同一時期加入，那跟我們都是一年級了……等等，我好像有聽說過她的事

情……

「啊。」

我想起來了。

「妳是那個第三名啊。」

「～～～～！」

「乖喔乖喔！明日葉院同學，別激動別激動！」

明日葉院同學作勢要站起來，結女立刻按住她的肩膀。

「真是！講話注意點啦！」

結女狠狠瞪我一眼說道。

「之前不是跟你提過明日葉院同學的事了嗎！你忘了嗎！」

「嗯，抱歉。我忘了。」

「真是～～！」

記得好像說……她段考名次一直是全年級第三名，所以把排名第一第二的我們視為眼中釘？我不怎麼感興趣所以沒記在心裡。

「……你也只能現在故作從容了。」

明日葉院同學瞪我的眼神，簡直好像看到弒親血仇似的。

「下次期末考我就會贏過你。我是絕對不可能輸給像你這種被女朋友迷惑心志的人的！」

「女朋友？」

「不就坐在你旁邊嗎！」

被她手指筆直地一指——坐我旁邊的伊佐奈，正在打開從隨身行李裡拿出來的卡樂比薯條杯。

「這傢伙不是我的女朋友。」

「……是這樣嗎？」

「是啊。我不會說謊。」

「水斗同學，要不要吃薯條？」

「好。」

「嘴巴張開～」

「擺明了在騙我！」

真沒禮貌。別看我這樣，我這人其實很少說謊的。喀滋喀滋。

我半自動地咬住伊佐奈遞過來的薯條，明日葉院同學與結女分別用異樣的眼光與苦笑表情看著我們。

雖然我與伊佐奈都已經完全無意獲得旁人的理解，但今後三天不斷地被共同行動的旅伴吐槽也很囉唆。就稍微深入解釋一下好了。

「這傢伙只不過是因為沒有其他朋友，才會比較喜歡跟我打打鬧鬧。妳把她當成小狗什麼的就好。」

「啊——！你怎麼可以這樣講我！」

「乖乖乖。」

我在伊佐奈頭上亂摸了一把，「咕嗚——……」她從喉嚨呻吟一聲就變乖了。看吧。

看到我繼續捏捏伊佐奈軟嫩的耳垂，明日葉院同學賞了我一個白眼。看來她還是無法接受。

結女苦笑著幫忙解圍：

「他們倆一直都是這樣啦。我懂妳的心情，但他真的沒有在騙妳。」

「……也就是說你們只是感情好，但沒有在交往？」

「嗯，差不多就是這樣。」

簡單來說的話。

明日葉院同學看看我又看看伊佐奈，輕聲說了一句：

「這種曖昧不明、只求方便的關係……我覺得不是很健康。」

一瞬間。

僅僅只有一瞬間，我感覺自己的身體僵了一下。

……不愧是全年級第三名。講話夠犀利。

還真是有話直說啊——得理不饒人。

關於我與伊佐奈的關係，她說錯了。我與這傢伙的關係只是「朋友」——至少我們認為，這個關係不能更明確了。

真正曖昧不明的是……

繼續維持曖昧不明的是——

我偷瞥結女一眼……她彷彿也繃緊了面部表情。

「打擾一下——」

伊佐奈可能是完全沒察覺到這種瞬間凍僵的氣氛，怯怯地說了。

「……要不要吃薯條？」

只有伊佐奈才會知道，為什麼要挑在這個時候問。

我只知道伊佐奈慢條斯理地，把一根薯條遞給了明日葉院同學；而她這種毫無章法可循的行動，又讓氣氛出於另一種原因再次冰凍。

明日葉院同學盯著眼前的薯條看了老半天，然後說：

「……謝謝，我不——」

「別客氣嘛。」

「唔咕！」

伊佐奈把薯條硬是塞進了明日葉院同學的嘴裡。明日葉院同學除了像隻倉鼠那樣咀嚼酥脆的薯條，也不能怎樣了。

「……呼嘿。好可愛喔……」

伊佐奈見狀，陶醉地喃喃自語。

看來她等這個機會等很久了。

不要把剛認識的人當成別人家的寵物對待啦。

川波小暮◆什麼都不缺的現在

大約長達五十幾分鐘的電車之旅，對我來說成了一段極富意義的時間。

搞什麼嘛。還以為學生會一定是那種很死板的團體，結果根本都在各自搞曖昧。特別是那個姓亞霜的學姊對前會長星哥表現的態度，明顯到就連剛認識他們的我都看得出來。

乍看之下像是在逗他尋開心，但別想瞞過我的法眼。那種在某些重要時刻發自內心的小害羞，還有真心的喜悅——隱藏在小惡魔舉動底下的真情實感，既可愛又讓人感動。

「哼哼哼……」

「幹嘛？很噁耶。」

身旁的曉月用一種被嚇到的眼神看我，但就饒過她這一次吧。畢竟要不是這傢伙找我來旅行，我也沒機會得知學生會的這種內情。

枉費這屆學生會由於美少女雲集而大受學生支持，這下粉絲要心碎了。其實也是，任何人要談戀愛都會找身邊親近的對象嘛。好吧，雖然也有像我這樣的例外——

「大家準備下車嘍——」

我們在離神戶車站有點小距離的三之宮站下車，來到車站外。

比起京都塔聳入雲霄的京都車站站前區，這裡乍看之下沒什麼新奇之處。雖然就只是商業大樓林立的街景，但這片陌生的風景，已經足夠讓心中萌生來到異鄉的感受。最重要的是大樓一整個高到不行。京都可沒有這麼高大的大樓。

「之前好像說去旅館之前會先去其他地方逛逛？」

聽我這樣問，曉月邊把手機畫面拿給我看邊說：

「說是要去異人館街。那裡好像有很多以前留下來的洋房喔。」

「哦——洋房啊。感覺伊理戶同學會很喜歡那種的。」

「對呀對呀，那邊還有一個地方重現了夏洛克・福爾摩斯的房間呢——」

聽起來滿好玩的。我小時候也看過一點《福爾摩斯》系列。

「——唔哇！這什麼啊！喂，你看你看！有一家時髦到爆炸的星巴克耶！」

「啊？喂，妳拿太近了我看不到——唔喔！還真的咧！」

看到曉月拿給我看的圖片，我也瞪大了雙眼。我沒有特別喜歡那種時髦的咖啡廳，但這家是用洋房改裝而成，簡直跟歐美電影的場景沒兩樣。

「欸，欸，我們去這裡嘛！找結女還有東頭同學他們一起去——！」

「不錯耶！我們來教那幾個宅男宅女怎麼在星巴克點飲料！」

耶——！我們倆情緒一起興奮到最高點。

畢竟已經泡在一起好幾年了，遇到這種時候就是特別合拍。最近她也不再對伊理戶同學做出奇怪舉動，我不用再處處防著她，感覺似乎漸漸取回了過去那種輕鬆無壓力的距離感。

老實講，跟這傢伙待在一起感覺很自在。

再來只要能從旁欣賞純真可愛的配對，我就心滿意足了。

這不是我第一次陪學弟妹旅行了。雖然我算是年紀最大的一個，但是有紅在輕鬆得很。什麼事情那傢伙都會處理好。就連我也不禁佩服自己當初真是別具慧眼，還知道要把那傢伙拉進學生會。

雖說我考取甄試就是為了偷懶，但真的考上了又無法否認有種不上不下的感覺。我無法融入變得一片應試氣氛的教室，同年級的其他傢伙又都在拚命念書，想找他們去做什麼都不好意思。就算拿轉換心情當藉口，讓中途脫離大考的我來說，聽起來只會像是在酸人。

結果，搞得我只能回到早就卸任的學生會找學弟妹鬼混。唉──不得不承認我真是個空虛寂寞的傢伙。

……好久沒有這種被大家拋下的感覺了。

儘管跟那時弄壞肩膀的情況相比，還差得遠了──

「那麼，大家分組行動吧。」

從三之宮站沿著坡道爬山，大概走了個十五分鐘。就在滿街洋房的景色遠遠映入眼簾時，紅一邊把入場券發給大家一邊說了。

「這裡的路不是很寬，不適合讓十個人一起移動。大家就分成兩或三組各自行動吧。」

看來她事前都查好資料了。

至於分組嘛，應該自然而然就會分好吧。一組是我們學生會成員，一組是伊理戶召集來的一年級生。這樣正好五對五。

或者嘛──自己一個人到處逛逛也不賴。

就在我一邊打呵欠一邊如此盤算時，忽然有人抓住了我的手臂。

「──學長！」

「哦？」

亞霜抓住我的手臂，用力往下拉了一把。

這傢伙穿著早就看慣了的……講好聽點就是少女風格，難聽點就是恥度爆表，像洋娃娃一樣滿滿皺褶荷葉邊的衣服，用一種緊迫盯人──堅定決心的眼神，抬頭看著我的臉。

然後說了：

「要不要跟愛沙──兩個人一起逛？」

「嗄？」

緊緊地，像是絕不肯放手般，愛沙使勁握住了我的手臂。

目送亞霜學姊強行把星邊學長帶走後，結女在我身旁輕聲說了一句：

「……學姊這次，說不定也是認真的……」

「認真？」

「啊，沒有——……我自言自語。」

雖然她立刻裝出笑臉帶過，不過看到他們那樣，誰都能想像到這句話的意思。

沒想到學生會的氣氛竟然也這麼浮躁。就像紅學姊也在跟那個會計調情。個性真的一板一眼的，大概就只有那個嬌小的女生——明日葉院同學了。雖然不關我的事，但我不禁擔心她待在這種團體也許會覺得不太自在。

「好吧，也許別去理會他們倆比較好。」

紅學姊說完，看向結女。

「結女同學會跟他們一起逛吧？」

「啊……是的。」

「那麼我們這邊就找阿丈，還有……蘭同學，妳呢？」

明日葉院同學輪流看看紅學姊與結女的臉，「呃……」猶豫片刻後說：

「那麼，我就跟會長一起……」

「這樣啊。那我們走吧。」

不用跟那個會計兩人獨處沒關係嗎？

不等我胡亂猜測，紅學姊態度圓滑地說了：

「那麼，大家就在差不多中午的時候，到下坡路不遠處的星巴克集合吧。二樓有一間可以容納很多人的起居室。」

說完，紅學姊、明日葉院同學跟那個會計就離開了。

川波一邊目送他們離去，一邊故作神祕地揚起嘴角。

「結果搞半天，還是這幾個熟面孔啊。」

剩下我、結女、伊佐奈、南同學還有川波這五個人。好吧，算是很合理的組合。

「沒差啊，又不會怎樣！今天大家才剛認識，忽然就要集體行動反而會有所顧慮嘛！對不對，東頭同學？」

「嗯——……我只要有水斗同學在，其實都沒差。」

「對耶，妳在電車上意外地也滿多話的。明明有剛認識的人在場。」

「沒有啦——因為那個女生的身材驚人到把我的怕生都趕跑啦——」

好吧。如果會初次見面就對人家性騷擾，我寧可妳繼續怕生。

南同學表情變成很難形容的苦笑，說：

「身材跟人家差不多的人這樣講沒說服力吧……」

「初次見面就一把攫住人家胸部的人也沒資格說唷，曉月同學。」

「真糗☆」

南同學做作地吐舌。為什麼我身邊的女生內在全都是性騷擾大叔？

「所以咧？要從哪裡開始逛？」

川波滑著手機，大概是在看異人館街的地圖，說：

「伊理戶同學，妳好像說過有想去的景點？」

「啊，嗯，對呀。那個，是一個叫英國館的地方……」

「那就從那邊開始逛起唄。反正離這裡好像很近。」

「OK! Let's go!」

南同學蹦蹦跳跳地往前走，我們也隨後跟上。

這時，伊佐奈扯了扯我的衣角，嘰嘰咕咕地小聲對我說：

「（水斗同學，水斗同學。）」

「（怎麼了？）」

「（這樣沒關係嗎？不用像其他人那樣，讓水斗同學你……跟結女同學獨處嗎？）」

還以為她要說什麼……這傢伙有沒有搞錯啊？

「（我問妳，東頭。妳以為我是為了誰，才會來參加這次的旅行？）」

「（咦？不、不是為了結女同學嗎……？）」

「（我才沒有那樣滿腦子想談戀愛。說過了，我來是要讓妳旅行取材。）」

「（唔欸……？）」

「（是我找妳來的，我不會丟下妳不管。不然太不負責任了吧。）」

本來就應該這樣吧，難道不是嗎？

伊佐奈眨了好幾下眼睛，脫口發出「呼嘿」的鬆弛笑聲之後，開始用指尖搓瀏海的髮絲。

「（謝、謝謝你……那、那我就不客氣，繼續纏著你嘍？）」

「（請保持在常識範圍之內。）」

才一說完，伊佐奈就靠過來跟我肩膀貼肩膀。這個可能已經超出常識範圍了……但是算了。反正這幾個成員也看習慣了。

我的確喜歡結女，但不是所有的行動都以她為標準。

我希望行事能取得平衡——免得重蹈過去的覆轍。

白色的牆壁，開出好幾扇只有在歐美電影或奇幻動畫裡看過的雙開百葉窗。那是一棟雙層建築，儘管比起推理作品裡的洋房小很多，但光是這樣一棟屋子出現在日本的街道上就已經具備夠濃厚的異國情調了。

「哇！這些都可以隨意拿來穿嗎！」

走進門口，就看到入口旁邊擺了帽架與掛衣架。兩個架子分別掛有各種顏色的獵鹿帽與斗篷式大衣——也就是夏洛克．福爾摩斯的服裝。

「哇～！好可愛～！欸，結女妳要穿哪種顏色的！」

「嗯——……標準色彩是米色，但紅色或藍色也滿可愛的……」

「東頭同學呢？文化祭的時候妳穿披肩很好看的說～！」

「嗚欸！我也要穿嗎！」

伊佐奈也被南同學一把拉過去，幾個女生嘻嘻哈哈地對著掛衣架開始挑衣服。剩下我與川波從她們背後旁觀，他說：

「不過就是顏色有點差別，真佩服她們可以開心成那樣。」

「你沒興趣嗎？」

「要看氣氛。你不穿的話我也不穿了。」

「感謝你的用心。」

「不過嘛，帽子或大衣我是不感興趣，但菸斗是真的滿帥的耶～！你看嘛，福爾摩斯不都給人一種抽菸斗的印象嗎！」

「像你這種痞子樣抽菸斗當老菸槍只會俗不可耐喔。」

「講話委婉一點啦！委婉點！」

扯東扯西了一會兒後，結女她們回來了。

南同學打頭陣，蹦蹦跳跳地翻動斗篷的下襬。

「嘿嘿～♪你們倆看看，怎麼樣？怎麼樣？」

南同學選的是藍色的斗篷式大衣。斗篷式大衣講得簡單點，就是肩膀部位用斗篷蓋住的大衣，但是個頭嬌小的南同學穿起來，整體印象與其說是大衣更像是雨披。

就這層意味來說是還算可愛，不過輪不到我來講吧。

「嗯——」川波裝模作樣地把南同學打量一遍後，說：

「還算不錯吧？很像下雨天的小學生。」

「你敢說我穿起來像雨衣！」

「好痛！」

果不其然，川波的大腿遭受腳踢攻擊。

另外兩個女生一副興奮期待的樣子，從南同學的背後往我這邊走來。

「呵呵呵……久等了。」

結女穿戴著紅底獵鹿帽與斗篷式大衣，表情有點踐踐的。

至於伊佐奈則是穿著白色款式，神色有點詫異，低頭看著用手指捏住的斗篷。

「怎麼樣？不錯吧！」

結女這麼說，得意地向我展現自己的偵探打扮。大衣與帽子都是格子紋，說得好聽點就是很有休閒感，但是該怎麼說呢——

「……這個與其說是夏洛克，不覺得比較像『偵探歌劇少女』嗎……？」

伊佐奈輕聲低喃了一句。

我不知道她說的那個作品，但我聽懂她的意思了。

衣服的顏色導致（或者說在它的襯托下？）Cosplay感更為強烈。

雖說是展覽館準備的東西所以是無所謂，但這配色恐怕跟推理作品的瀟灑氣氛不太搭調吧。

妳這個推理發燒友這樣也滿意？

「唔嗯——」結女一臉正經地低頭看看我的腳，說：

「這位先生在阿富汗當過軍醫吧？」

「並沒有。」

「嘿嘿。這種斗篷式大衣，我早就想穿穿看了……嘿嘿嘿……」

結女扭轉身子，轉過來又轉過去，翻動著斗篷與大衣的下襬笑得開開心心。看她興奮得簡直跟個小孩子似的。跟平時故作正經的態度兩相比較之下，那副模樣——

「你看，你看……有沒有很帥氣？」

結女用充滿期待的眼光，向我問道。

與其說帥氣……不如說……

我是覺得，應該比較……偏可愛吧。

「……可能是心理作用，看起來好像很聰明。」

我壓抑住真實心聲，給了一句四平八穩的評語。

結女破顏而笑，毫無心機地說：「謝謝！」就一邊拿出手機一邊去找南同學了。似乎是要拍照。

……也許，我剛才應該說出真心話才對。

但是，我已經完全忘記說真心話的方法了。

伊理戶水斗◆曾經只存在於書本後方的事物

「唔哦啊！天、天花板上有人臉！」

「我想是福爾摩斯探頭觀察某個地方的場景──『馬斯格雷夫儀禮』吧？可是那是福爾摩斯向下凝視地下室或什麼的場面，跟華生應該也還不認識才對……」

「喔──！這就是福爾摩斯的房間啊！奇怪？怎麼擺著兩個假人啊，哪個是福爾摩斯？兩個都沒穿這種大衣耶。」

「曉月同學，沒有人會在室內穿大衣的。再說這種打扮本來就是插畫家的創作──」

「這面牆上的……彈痕？寫著什麼？看起來好像排成了『ＶＲ』兩個字。虛擬實境？」

「維多利亞！當時的英國女王！那是福爾摩斯閒著沒事在牆上打出的彈孔！」

在英國館的二樓──將整個樓層布置成夏洛克．福爾摩斯世界的模擬空間裡，結女把她的宅女本色發揮了個淋漓盡致。

這個基本上愛擺優等生架子的傢伙，很難得會像這樣暴露出宅女本性。可見這個展覽館的哥德式氛圍與重現福爾摩斯世界的空間，是真的讓她太感動了。

……可是，如果我沒有記錯，結女比起福爾摩斯，應該更喜歡克莉絲蒂或者昆恩等人的作品一點——不過，福爾摩斯對於愛好推理與偵探作品的人來說已經有點被奉為必讀經典了，所以大概跟單純的喜好無關吧。

逛過整個館內一圈後，接著來到庭園。

「喔——……完全就是個標準的庭院呢～！」

鋪著白色石板的步道，環繞著種植了各色花草與庭園樹木的花壇。就像南同學所說的是個標準的西式庭園，但在深處的一個角落設置了重現倫敦地鐵車站——貝克街站的區域。

那邊在白色屋頂下，擺了用來與人相約等候的長椅。左邊深處站著身穿黑色斗篷式大衣的夏洛克．福爾摩斯的等身立牌。

一看到那區，伊佐奈馬上到後頭牆邊的長椅坐下，「呼——」喘一口氣。

「稍微休息一下好了。畢竟是爬坡上來的。」

「也是。我好像也有點走累了……」

我看妳是興奮過頭玩累了吧。

我與結女跟在伊佐奈後頭到長椅坐下，南同學則是喊著：「耶——！幫我拍幫我拍！」展現陽光系本色站到了福爾摩斯的等身立牌旁邊。正當我看著川波幫她拍照時……

「唔嗯……」

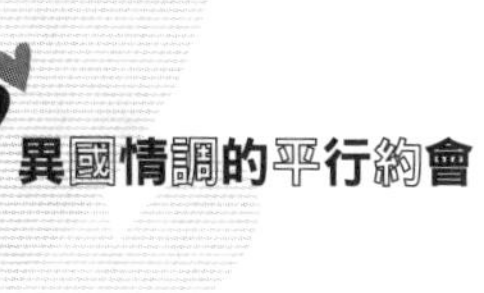

身旁的伊佐奈，從隨身行李裡拿出了平板電腦。

然後她開啟相機功能，把占據正面視野的庭園與英國館納入視角，啪嚓一聲拍下一張照片。她看著拍下的照片好一會兒，然後開啟了某種App，從平板電腦保護套的筆槽抽出了觸控筆。

然後，她把平板電腦放到大腿上，開始在畫面上動筆。

「在這裡畫畫啊？」

「只是畫個草圖啦——」

才不過十幾秒，一棟洋房已經在平板電腦的畫面上成形。接著，伊佐奈毫不遲疑地開始幫它畫上精細的裝飾。

「唔嗯唔嗯……原來只要畫成這種感覺就會有西式風格啊……」

在館內參觀時，伊佐奈一直在注意牆壁與天花板等處的設計以及家具擺設等等，看到什麼都拍下來。彷彿她憑感覺就知道，哪些是繪圖所需的資訊。

「…………………」

我不是編輯也不是製作人，只不過是個平凡的高中生……但多少能夠判斷。判斷誰有才華，誰沒有。

我非理性的部分在告訴我，她很明顯是前者。不是依據她目前的作品水準，是從思考的方向性、行動的基準等整體觀點，判斷東頭伊佐奈屬於所謂的天才型人種。

才華的萌芽不分早晚。既有那種小學就能拿遍比賽獎項的天才，也有要等到成年之後才執筆創作，成為當代名家的天才。

以她來說，高中一年級可能就是她的萌芽期。

作為一個普通御宅族，只模仿既有作品就能滿足欲求的熱情，在這個時期將焦點轉移到提升自身的技術——日後回想起來，她一定會自認那就是劃分兩個時期的轉捩點——而我現在，很有可能見證了這個瞬間。

不知不覺間，我的兩眼無法離開那幅迅速提高解析度的洋房圖畫。平凡無奇的四方形，逐漸加上柱子，加上窗戶、陽台、護欄、進深——

——就在這時，我沒有放在伊佐奈那邊的另一隻手，被某人握住了。

握力並不強，也沒有拉扯的動作。只是有種清涼的觸感輕輕地疊上來，覆蓋了我的手。這個小動作讓我猛一回神，轉頭看向那邊。

結女視線繼續落在自己的膝頭，只將她的手疊在我的手上。

就好像，要讓我留下來。

沒說什麼，也沒看著我。

「…………」

「……………………」

結女沒做任何主張。甚至沒有把自己的想法或訴求，用視線向我表達。

所以，這大概只是我自以為的妄想吧。

我竟然覺得——她的側臉，看起來有些寂寞。

……我剛才，是不是差點想將她拋下？

我不知道。一時之間無法判斷。這是否只是我的負面妄想？還是說，如同我判斷伊佐奈是真的有才華，我的本能也從整體觀點做出了如此判斷？

只不過，我的心中存在著兩項事實。

一個是，我的確喜歡伊理戶結女。

另一個是——出於一種完全不同的意味，我正逐漸受到東頭伊佐奈所吸引。

羽場丈兒◆兩人專屬的幸運

我的固定位置永遠不變。就是集團的最尾端，被走在前面的每一個人背影裁切掉的位置。所以現在也是，我在後面拉開兩步距離，注視著紅同學與明日葉院同學的背影。

紅同學穩重大方地跟學妹說話，明日葉院同學顯得有些緊張，向崇拜的學姊回話。紅同學雖然與人交好的速度同樣是天才級地快，但明日葉院同學畢竟崇拜了她整整半年，似乎還沒習慣到能跟她正常說話。

我們就這樣走了幾分鐘的路。爬上窄巷般的坡道，看到一棟有著圓筒狀塔樓的洋房逐漸出現在眼前。

就像是推理小說裡會出現的，那種典型的洋房——色彩偏白的外牆貼滿了魚鱗狀的石板，聽說它也因此被稱為「魚鱗之家」。連名稱都很像推理小說。

只有寥寥數名奇異的客人造訪此地——當然沒有這樣的狀況發生，看似一群大學生以及老人會還是什麼的觀光客集團也正常來訪，比我們先一步走進洋房的大門。

我們也隨後跟上走進大門，跟其他觀光客一起排隊，在接待處辦理入場後，走進洋房的前院。

前院的正中央，供奉著一尊跟人一樣大的山豬銅像。

紅同學與明日葉院同學，沿著筆直的粗礫石小徑走去，靠近山豬像。

「幸福小豬……」

明日葉院同學看著立在銅像旁的導覽板低聲念道。

紅同學也同樣湊過去看導覽板，說：

「它說只要摸摸豬鼻子，就能帶來幸運。喏，你們看。大家都只摸牠的鼻子，弄得亮晶晶的。」

「啊，真的耶。就好像只有鼻子是用黃金做的……」

「幸福小豬先生說不定也被摸到受不了了。那我們就客氣一點，盡可能溫柔地摸牠吧。」

「但我覺得，紅會長好像不需要再求好運了……」

「不會呀。蘭同學妳願意跟小生一起來旅行——不，就連能夠認識妳，對小生來說都是天大的幸運。」

「沒、沒、沒有啦……！」

我總是在想，假如紅同學生為男生，一定很有桃花運。真佩服她能一本正經地說出那麼肉麻的話——而且紅鈴理這號人物的厲害之處，就在於講這些話都不像是開玩笑。

……還真的不是開玩笑的。

不得不說，明日葉院同學願意一起來觀光實在是天大的僥倖——只有我跟紅同學兩人的話，不知道她會用什麼樣的「玩笑話」來對付我。

兩人摸豬鼻子摸了一會兒後轉身讓開，換我站到銅像的面前。

我並不是那種會相信能量景點等說法的類型——但來都來了，不摸兩下可能會覺得很吃虧。

我輕輕伸手，準備摸山豬的金色禿鼻子——

——一隻手從旁迅速伸過來，和我一起碰到了鼻子前端。

「…………！」

伸手過來的紅同學，湊近注視著我的臉揚起了嘴角。

「這下子，小生與你都會得到幸運了。」

她將自己的小指疊在我碰到豬鼻子的小指上，說：

「那麼——你想祈求什麼樣的幸運呢？」

她吃吃笑著，像是在看我的臉色取樂。

幾種思考瞬間閃過腦海，但沒有一種顯現在外，我一邊移開目光不去看紅同學，一邊極力冷靜地回答：

「……我這種小人物，想像不到什麼大事。」

「原來如此。那就是『任君想像』了。」

紅同學從銅像上迅速收回手，再次轉過身去。

然後，

「（小生答應你，會給你最大的幸運。你可要好好期待喔。）」

她在我耳邊留下甜美的音韻，就跑去找明日葉院同學了。

「…………」

我慢了一拍才從銅像上放手，去追她們倆的同時，把留有些微觸感的小指握進掌心。

——不准自作多情。不准自作多情。不准自作多情。

紅同學在只有我看得見的背後位置，獨獨翹起小指做了自我主張。

星邊遠導◆一無所求的空殼子

「學長，愛沙有個想去的景點！」

亞霜用她的手臂纏住我的，硬是把我拉著往前走。

從在學生會初次見到面以來，亞霜就一直是這副調調。從來不怕被人排斥，毫不遲疑地闖進他人的內心。

大概是那種隨時都要有人陪才能安心的個性吧。畢竟她都大聲宣稱「我就是為了被大家寵愛才加入學生會的」了。可是，自從她對羽場做得太超過惹紅生氣以來，就徹底把目標轉移到了我身上。

當然，我不知已經有多少次被她煩死——應該說，我沒有一次不這麼想——但是這個學妹不可思議的地方，就在於她總能讓我無法強硬拒絕。

該怎麼說才好呢……再怎麼說也在紅那種人的身邊幹了一年的學生會，所以絕不是個不可靠的人——但她同時也給人一種感覺，好像如果拋下她，後果就會不堪設想。

看她巴著我這種人不放，就知道這傢伙絕對沒幾個朋友。等我畢業之後她打算怎麼辦？雖然不關我的事，但不得不說我是有那麼點擔心。

搞到現在，連我都變得離不開學生會了——當初我只是想去看看情形，並沒有打算待這麼久耶。

真是，越想越覺得那個現在忙著準備大考的前庶務，好像都比我了不起。

「愛沙看到網路上說，有個可以實現願望的能量景點喔！」

距離都已經近到可以感受到對方的呼吸了，亞霜的說話聲音卻還是一樣地興奮激動。

「啊——」我一聽就懂了，說：

「能量景點啊。就知道妳喜歡那種的。」

「咦？為什麼？」

「妳絕對是那種國中時期迷過黑魔法的類型啦。」

「愛……愛沙才沒有，迷過那種的呢。」

「妳先看著我的眼睛再說吧。」

明顯慌張地讓目光四處遊移的亞霜，耍小心機地噘起嘴唇說：

「這不能怪愛沙啊！國中女生都嘛是那樣的好不好！不是在筆記本上畫魔法陣，要不然就是愛看有點血腥的恐怖作品嘛！學長你應該也有在手臂上纏過繃帶吧！」

「現在誰還搞那麼明顯的中二病啊……我一直都在打籃球，根本沒那閒時間發揮這種沒意義的表現欲望啦。」

「唉～高格調的同學好了不起喔。想必您當時一定桃花運不斷吧。」

「不知道，我不太記得了。」

「少騙我了啦～籃球社哪個不是成天玩女人啊？」

「妳少散播這種不實偏見好嗎？」

亞霜輕聲笑了笑，抬眼注視著我的眼睛。

「學長一定沒有交過女朋友。這點小事愛沙還看得出來唷。」

「妳又知道了。」

「應該誰都看得出來吧？看現在的學長就知道了。」

妳是說我一看就是個不可能交到女朋友的土包子嗎？我是覺得自己沒慘到那種地步吧。

亞霜把我的手臂挽得更緊了點，我微微偏了偏頭。

我們就這樣爬上細窄的坡道，來到亞霜想參觀的洋房。

這棟洋房外觀非常奇特，入口兩側設置了扛著燈籠的鬼神雕像瞪人。看來是把原有的洋房改裝成了美術館。

「網站上說這裡有什麼？」

「『撒旦紅椅』。」

亞霜面露魔女般的笑容，呵呵呵地笑著。

「據說只要坐上這把椅子，就能夠實現任何願望……」

「什麼撒旦，這名字取得也太刻意了吧。」

「不是惡魔的那個撒旦啦，是羅馬神話的薩圖恩。跟土星的英文同名。」

「啊——是那個啊……」

「聽說是農業之神喔。」

恐怖感一下子全沒了。

「妳有什麼想實現的願望嗎？」

「呵呵。學長，你猜猜看是什麼？」

「這個嘛……『希望可以網路瘋傳個一萬人次』之類？」

「學長，你是不是把愛沙想成自尊需求怪獸了？」

「當然是這麼想的啊。」

「好過分！愛沙明明只希望學長一個人看著愛沙就夠了……」

「哈！」

我嗤之以鼻，沒放在心上，跟她一起進到了館內。

進去正面有個階梯，左右兩邊都可以看到房間。

右邊房間在櫃子上擺滿了像是變形動物的奇妙雕塑。要是半夜看到可能會有點發毛。

而亞霜想看的東西，似乎就在左邊的房間。

「就是那個啊……」

在通往更後面房間的門洞兩側，各擺了一張鋪著奢華紅色布墊的椅子。

原來如此，還真是具備王座風範的椅子。靠近一看，椅背上半段以及扶手等處，都刻有精緻的雕飾。最猛的是扶手，放手臂的位置下方還有蜷縮身體的嬰兒坐姿雕塑。要不是亞霜先跟我介紹過，就算跟我說這是惡魔的椅子我可能也會信。

「它說右手邊這把是給女生坐的，左邊是給男生坐的！」

「是喔。但兩把看起來都一樣啊。」

「我們同時坐下吧，同時！」

還要講究時機啊？

我還來不及質疑，亞霜已經站到了門洞右邊的椅子前面。

「預備～坐下！」

配合亞霜的呼喊，我一屁股坐到椅墊上。

豪華的椅墊如同看起來的印象，吸收了我的體重。不過這種滿是雕刻的椅子，坐起來還是感覺很不自在。

往左邊一看，亞霜挺直了背脊坐在椅子上，兩手在胸前合握。啊，對喔，要許願——我是否也該隨便許個願望？

「…………………」

想了幾秒鐘，我變得有點想嘆氣。

為什麼？

因為不管我怎麼找遍內心——都沒找到半點願望。

「學長，你許願了嗎？」

亞霜鬆開合握的手，看著我說了。

「有啦。」

「是什麼啊——跟愛沙說嘛！」

「不要。」

若是換個角度想，或許可以說我很滿足於現況，但是——

——不管怎麼想，我都只覺得自己是個空殼。

我從椅子上站起來。不管再坐多久，對我來說都沒有意義。

接著亞霜也站起來，腳步輕盈歡快地湊到我身邊。

「學長你這個人還滿清心寡慾的呢。玩遊戲也都沒在課金的。」

「要妳管。那妳又許了什麼願望？」

「咦～？……想知道嗎？」

亞霜像要故意激我似的賊笑，又像吊我胃口似的賣關子。

「那麼進入猜謎單元！你猜愛沙許了什麼願？」

「想紅？」

「不是。」

「想發財？」

「才不是！愛沙才沒有你說的那麼缺乏獨創性呢！」

亞霜做作地鼓起臉頰。妳這是高二女生該有的樣子嗎？

「妳還有獨創性這種了不起的部分啊？」

「嗯——經你這麼一說，好像也不是什麼稀奇的願望……啊，不過，就以目前來說，會許這個願望的可能還是只有愛沙一個人喔。」

「哦？」

「愛沙不是說過了嗎，學長？」

亞霜調皮地翹起嘴角……

蠱惑地用纖細的指尖指著我的臉……

她說了：

「愛沙很清楚——學長沒有桃花運。」

我一下子沒聽懂前後文脈，皺起了眉頭。

「啥？什麼意思啊？」

「你說呢～♪」

亞霜輕聲笑著，心情大好地走在我前面。

亞霜知道我沒有桃花運。只有她會許這種願望……

「…………」

我中斷了思考。

我的內心沒有那種能量，讓我去繼續深思。

把異人館參觀過一遍後，我們來到星巴克，發現就跟網路照片一樣是個異次元空間。

星巴克本來就是個時髦場所了，這一家更是用時髦洋房改裝而成，當然是一整個時髦到不行。室內設置了異世界動畫會有的那種枝形吊燈、窗戶、壁爐、油燈——而且到處都擺滿了桌子，消費者在這裡享用咖啡的模樣，簡直像是進入了上流階級的沙龍。

大夥兒在位於後方、唯一讓人感到熟悉的櫃檯點好飲料，來到二樓。

約碰面的地點是一間大客廳。房間中央擺著一張八人座的長桌，後面牆上掛著跟黑板一樣大的橫幅繪畫當裝飾。兩邊是比視線高度還高的外文書堆。氣氛營造得有夠刻意。

「好、好時髦啊……！太時髦了……！」

我們看了當然大為感動，尤其是東頭那傢伙眼睛都發亮了。像這傢伙這樣的阿宅，比起普通星巴克那種一般的時尚店面，也許這種帶點虛構風格的空間更合她的胃口。

「欸，我們去窗邊嘛！」

「哇——！連沙發的擺法都好時髦……！」

窗邊設計成扇形凹洞，配合形狀陳設了沙發與圓桌。感覺好像會有一個黑手黨的老大坐在中間。

伊理戶一言不發地坐到最邊緣，伊理戶同學立刻去坐到他旁邊。伊理戶同學現在變得積極主動多了。以前感覺她連肩膀碰到都會不好意思，現在卻能從近到看得見睫毛的位置，凝視著伊理戶的臉跟他說話。

結果導致東頭失去固定位置，「呃——……」顯得不知所措。照這傢伙的個性，搞不好會為了坐在伊理戶的旁邊，叫兩個伊理戶擠一擠……我如此心想，正要出聲叫他們的時候，

「東頭同學坐這邊！」

曉月那傢伙比我早一步拉著東頭的手，到擺成圓弧狀的沙發靠中央的位置坐下。「喔，好的。」東頭也沒抵抗，就去坐在曉月的右邊。

我也坐到跟伊理戶相反的位置——曉月的左邊，然後偷偷對這個青梅竹馬說：

「（換配對啦？）」

「（啊——？你指什麼啊？期望朋友得到幸福是應該的吧？）」

總覺得有點蹊蹺。本來以為這傢伙還沒放棄把伊理戶與東頭湊一對，她現在卻……

曉月側眼看著我，得意地咧嘴而笑。

「（你就別胡思亂想，像平常那樣享受你的偷窺樂趣就好啦。別枉費我特地安排結女他

們在一起的好意。）」

……有夠可疑……

我聽到伊理戶同學開朗的笑聲。相較於伊理戶同學俯身向前開心地聊天，伊理戶沒有正眼瞧過她，只是不時看她幾眼，動動嘴唇小聲搭話。彷彿能夠看出兩人現在的關係——對彼此的感情在方向上的不同，讓人看了都焦急。

然而，我卻忍不住往旁邊看。

看著正在用吸管「啾」一聲吸起堆滿鮮奶油的星冰樂，那個矮子女的側臉。

無論是小學很要好的時候、國中還在交往的時候、分手之後躲著對方的時候，還是雙方和解又繼續混在一起之後——說來說去，我總以為自己大致上猜得到，這傢伙的行動背後有著何種思維邏輯。

所以，這也許是第一次。

是我第一次覺得——不知道她在想什麼。

羽場丈兒◆看見自己的方法

「咦～！超炫！看到這種地方真的會超興奮～！好想用來外拍！」

又叫又跳的亞霜同學與假裝不認識的星邊學長來跟大家會合，十個人就全員到齊了。

大家打算就在這裡簡單吃個午飯，下午再前往有馬溫泉的旅館。

旅館當然是男女房間分開訂，這下終於可以鬆口氣了。我知道這群人簡直是戀愛箭頭到處飛，所以跟他們待在一起讓我不太自在——再說，如果跟紅同學待在一起太久，我不知道她會對我怎麼樣。

「（怎麼樣？）」

「嗚哇！」

突然有人對我的耳朵吹一口氣，害我不由得大叫一聲。

往旁邊一看，紅同學好像覺得整人成功似的嗤嗤笑著。

「哎呀，真是太好玩了。你雖然遇到事情總是置身事外，但就只有耳朵會怕癢。」

「……誰被這樣弄都會嚇到。」

「真的只是嚇到嗎？小生已經盡量吹氣吹得情色一點了。」

「只是嚇到而已。」

沒錯。要是遇到這種小事都會心跳加速……我會撐不住的。

我把視線從紅同學身上移向他處。明日葉院同學被亞霜同學纏住無法脫身，沒把注意力

放在我們這邊。原來她就是抓準了這個機會。

「那麼，你覺得怎麼樣？」

紅同學一邊跟我肩膀貼肩膀，一邊小聲說道。即使只是碰到肩膀，就足以讓我充分感受到她身子的纖柔輕巧，以及女生特有的甜蜜體香。

「什麼怎麼樣……妳指什麼？」

「今天早上不是就問過了？你覺得這次的成員怎麼樣？」

「大家是分頭行動，怎麼可能看得出什麼來……」

「但你還是能夠看出些端倪，對吧？」

這個人是不是把我錯當成名偵探還是什麼了？明明她比我更適合扮演這種角色……

「……那邊的一年級組，關係還滿複雜的。」

「哦？」

紅同學輕瞥一眼窗邊擺成圓弧狀的沙發上，那五個一年級學生。

「伊理戶同學明顯喜歡伊理戶水斗，伊理戶水斗似乎也不排斥。聽說那兩人是從今年才開始成為繼兄弟姊妹，我想或許也不是沒有這種情況……但那種距離感，似乎不單純只是雙向單戀。」

「哦。你這麼說是因為？」

「他們的確對彼此都有好感，但似乎劃出了一條界線——感覺大概就是可以確定『喜歡』，但不確定想不想『在一起』吧。」

看得見雙方的感情，但感覺不出建立關係的意願——當然這只是我擅自進行人物觀察，又擅自做的臆測罷了。

「那麼，她怎麼樣？那個胸部很大的——記得是叫東頭伊佐奈吧。」

「那個女生我就更不懂了。她是我這種小人物無法猜透的怪人。我可以確定她喜歡伊理戶水斗，如果要問是不是跟伊理戶同學形成三角關係，卻又不是那種感覺——該怎麼說呢？給我的印象就是，她自有一套完全跳脫既有框架的價值標準。」

「那麼其餘兩人呢？就小生的判斷，那兩人似乎也滿有譜的。」

「恕我直言，妳看走眼了。」

「嗯？」

「那一對很明顯，是已分手的情侶。屬於那種分手後還能繼續做朋友的類型。」

對彼此了解夠深，一般男女會有所顧慮的部分也不用客氣。但是同時，在言行舉止之間又能感覺到類似不可侵犯領域的界線。肯定是前情侶。這個我有自信。

「原來如此……所以即使是青梅竹馬，有時候也會發生這種狀況。真是破壞夢想。」

動畫或漫畫都只會演到兩人開始交往，但實際上，日後還是有分手的可能性。想也知道。

只是一想到也有可能發生在自己身上，就覺得一陣心寒。

「能夠像那樣跟前任正常相處，是拜他們的高度社交能力所賜。那兩人在校內，很可能擁有相當廣大的人際網路。只要先跟他們打好關係，今後可望在各方面獲得幫助。」

「小生只能說，建議你將來成為政治家的祕書。」

「謝謝妳的推薦，但我可不願意被斷尾求生。」

紅同學吃吃笑了起來。不知道為什麼，我講話越臭屁她就越高興。

「不過話說回來，你真的總是在觀察別人呢。」

「又不是今天才……」

話講到一半，一根吸管塞到了嘴裡來。

是紅同學手上那杯拿鐵的吸管。

「偶爾是不是也該回頭看看自己呢？」

紅同學的那雙大眼睛，映照出我的臉孔。

映照出隨處可見，宛如複製貼上般的，我毫無內涵的臉孔。

我即使看見了——仍然讓嘴巴離開吸管，說：

「……我哪有辦法？」

「你明明就知道方法。」

我的臉孔，映照在妳的眼裡。

我看不見我自己，但只要看著妳，就能看見我的倒影。

的確，這我很清楚。

紅同學故意當著我的面，用兩片薄唇銜住剛才我銜過的吸管，說：

「今晚——小生希望你能獨自前往一個地點。」

「……一個地點？」

「嗯。」

她吸了一口拿鐵，把它喝下去，面露膽大包天的淺笑——看著我，

「我們來幽會吧。不可以跟大家說喔？」

光明正大地這樣告訴我。

她那張臉實在太帥氣，太耀眼——使我一時之間，什麼話都說不出來。

紅鈴理◆大膽笑容的背後

「我們來幽會吧。不可以跟大家說喔？」

小生光明正大地把話說完，就直接起身離席，轉身背對阿丈走開了。

然後假裝欣賞室內裝潢，移動到牆邊之後……

「……唉～……」

小生小聲不讓任何人聽見，輕嘆了一口氣。

豈料……

「──鈴理理？」

「嗚！」

忽然有人把手搭到小生肩上，回頭一看，眼睛閃爍著促狹光彩的愛沙與結女同學，看著小生的臉賊賊地笑著。

「我們都看到嘍～？妳是不是跟阿丈說了什麼呀～？」

「會長妳剛才嘆氣了對吧！好像原本很緊張似的！妳跟學長說了什麼？」

「不，等等，這……！」

可惡啊！妳們兩個跟鬣狗似的！也不想想人家才剛努力耍帥過！

「奇怪喔～？妳好像臉紅了耶～？」

「會長好可愛～！」

「煩、煩死了煩死了！這沒什麼啦！」

要是被阿丈發現了怎麼辦啊！真是受不了！這裡冷氣也開太弱了吧！

伊理戶結女◆戰國時代的戀愛結婚

離開北野異人館街後，我們從新神戶站搭乘地下鐵，轉搭了幾次電車，前往有馬溫泉。

「結女妳看！LAWSON不是藍色的耶！」

「哇，真的耶。就像京都的麥當勞一樣。」

一走出車站，稀奇古怪地有著茶色招牌的LAWSON立刻迎面出現，讓我們莫名其妙地興

奮起來。大概是為了維護市容或類似的原因吧。

從車站沿著河岸走上坡道，就會看到一些外觀歷史悠久、古色古香的店家，或是遠遠望見像是飯店的大型建築，慢慢地讓人感覺到溫泉地的氛圍。

途中，我們經過一座跨河大橋。抬頭一看，紅綠燈旁的路標寫著「太閤橋」。

「太閤……是豐臣秀吉嗎？」

我隨口問了一下會長，「嗯。」會長點頭說：

「據說豐臣秀吉以前常常造訪有馬溫泉。妳看，這裡離大阪城也不遠對吧？」

「原來如此……」

「就是所謂的湯治啦。他們夫妻倆都是這裡的常客。」

會長一邊說，一邊指了指太閤橋旁邊的廣場。剛才想都沒想就直接走過，現在才看到廣場上有一尊坐在底座上的豐臣秀吉像。

「再往前走兩步好像還有寧寧橋喔。」

「寧寧——就是豐臣秀吉的夫人對吧？」

「沒錯。聽說寧寧像就設置在那裡，跟那尊太閤像遠遠互相凝視。」

就像會長所說的，再往前走幾步就來到一座有著紅欄杆的橋，橋邊立著一尊身穿和服的女性塑像。的確是面朝太閤像的方向。

「簡直就像牛郎織女一樣呢。隔著一條河互相凝望……」

「因為戰國時代是以策略婚姻為主流，這兩人卻是罕見的戀愛結婚——據說一開始因為門不當戶不對，還遭到家人極力反對呢。」

「原來是這樣呀……」

遭到家人反對——在那種家世門第的意義比現在更重大的時代，竟然能夠不顧家人反對結為夫妻，或許兩人是真的很相愛吧……

「不過後來秀吉飛黃騰達，就開始廣納側室了。」

「咦？」

「四處拈花惹草弄到寧寧都發火了，還直接向信長申訴呢。」

「什麼——……」

太強了。

不愧是天下人之妻，行動力不比一般。跟我這種縮頭烏龜相比，真是名符其實的天差地別……

我覺得有點好奇，就用手機查了一下，發現對於寧寧的申訴，信長的回信還被保存了下來。內文大概來說，差不多就是「那個禿子娶不到比妳更好的妻子，所以妳也不用吃醋，要保持正室應有的風度」。

不用吃醋，保持風度……

我悄悄回頭，瞥一眼走在後面的水斗與東頭同學。

水斗正跟東頭同學肩膀湊在一起，看她用手機連連拍下的照片。不只肩膀，距離近到一不小心可能連臉頰都會貼到，不知情的人看到——就算是知情的人看到——都只會覺得是一對情侶。

我當然會吃醋了。

不，或許也可以說是羨慕。

跟他同住一個屋簷下的我，怎麼會在距離感上輸給其他女生呢？雖說已經習以為常了，但有時候，這樣的疑問——不安的感受——仍然不免浮上心頭。

我很喜歡東頭同學，也知道東頭同學需要水斗。

也知道我……無權命令她不准靠近水斗。

雖然知道，但偶爾還是會羨慕得不得了。

心想……為什麼，我不能待在那個位置？

……真糟糕，才剛說不可以就煩惱這些有的沒的。

現在就先享受旅行吧。這樣也沒什麼不好啊。

「伊佐奈，妳的房間在那邊吧。」

抵達了旅館，在櫃檯領取事先寄來的行李後，大家打算先把行李各自拿到房間放好。

沒錯——男生去男生的房間，女生去女生的房間。

不才東頭伊佐奈很冒昧地，在生物學上被分類為女生。

儘管受到生理期以及其他毛病所苦，我總是告訴自己隨時想看咪咪都有得看就該感激了，用這種理由讓自己接受女孩子的身分，但只有這次我真希望自己是個男生。

「哦——！不錯耶不錯耶——！讓我想起修學旅行的回憶了——！」

「愛沙，先檢查行李再說。要又叫又跳晚點再說。」

「會長，行李都放在這邊就可以了嗎？」

跟……跟陌生人住同一個房間……

雖說結女同學還有南同學也在，但是要我跟今天才剛認識的人在同一個房間住宿，遊戲難度有點太高了！想起夏天那場跟班上格格不入的學習集訓，我坐立難安，視線毫無意義地四處游移。

不像有水斗同學在的時候，我只要緊跟著他就沒事了！雖然只能依賴別人進行社交活動讓我自己都覺得可悲，但要是能夠在一念之間改變個性，我也不用這麼辛苦了。

「東頭同學，行李檢查好了嗎？」

結女同學溫柔地過來關心，「嗚呀，嗯……」我回答得鬼鬼祟祟。

然而，結女同學顯得完全不介意，說：

「有少了什麼的話要說喔。得去跟櫃檯確認才行。」

我跟她點了個頭，心情卻變得很沉重。我這種人遇到這種時候，就算真的少了什麼東西，也一定不敢說出口……跟人主動開口對我來說是一項太過沉重的任務，很容易就會心想「不過就是掉了一兩樣東西，算了」。

所幸，並沒有哪個包包不見。包包裡也只有裝替換衣物與書而已，我覺得無論哪裡弄錯了什麼都不可能搞丟。

但為了以防萬一，我還是在和室角落找個位置坐好，檢查了包包裡的東西。媽媽幫我一起塞進去的文庫本、替換衣物、手機與平板電腦的充電器，然後是內衣褲——

奇怪？

怎麼有個沒看過的東西——這塊紅色的布是什麼……？

我翻動行李把紅布抽出來一看，是一件胸罩。

「嗚欸？」

而且還是性感到爆炸的透明蕾絲胸罩。這、這什麼東西啊！會不會太透膚了一點！這樣豈不是連乳頭都看到了……！

的確最近因為一些事情，很多胸罩都換新了，但我不記得有買過這種唯一用途就是拿來色色的東西。怎、怎麼會有這種東西……！

「——哦～？」

背後湊近傳來的聲音，使我嚇得抖了一下回過頭去。

只見南同學用一種深知內情的謎樣表情，低頭看著我手裡的情色胸罩。

「東頭同學，妳帶了一件好有意思的東西來呢～」

「不、不是！這、這個是……」

「嗯——？怎麼啦——？」

正想羅織藉口時，綁披肩雙馬尾的學姊（記得好像是亞霜學姊？）竟也好奇地湊了過來。

然後，她看到我拿在手裡的東西，震驚地睜大眼睛。

「咦！這什麼啊！色到爆——！大到爆——！」

「原來東頭同學也有替自己買決勝內衣啊～！」

「不、不是……！妳們誤會了！我、我也不知道這是什麼時候混進來的……！」

「咦～？所以是別人的東西掉進去了？看這個大小，難道是蘭蘭……？」

「東頭同學，這個借我一下喔～」

「啊！」

還來不及回話，南同學已經把胸罩搶了過去，看了看附在胸帶上的標籤。

「噗喔咦！」

然後嚇得後仰。

「什、什麼什麼？怎麼了，小月月！」

「…………H75…………」

「嗄？」

南同學露出虛無的表情把標籤拿給她看……

「噗喔咦啊啊！」

亞霜學姊也像是被痛揍一拳般往後仰倒。

「H……H，罩杯……？」

「H罩杯，是什麼意思……？」

「H……？」

「H……？」

兩個人不約而同地低頭看著我的胸部，說：

「「……好H喔……」」

才不是那個意思好嗎！

是H沒錯，但不是那個意思的H，是尺碼的H！

「咦？等一下，小月月。H的圍差是多少來著？」

「記得應該是26或27公分……」

「咦？咦？也就是說下圍是75……所以胸圍超過100公分？」

「沒、沒那麼大啦……！上次量的時候是98公分——」

「「98！」」

拜、拜託不要做出這種雙聲道反應好嗎，嚇死我了……

南同學與亞霜學姊，兩人一起目不轉睛地觀察我的胸部，說：

「……我不認為還有人會需要這麼大號的胸罩，但是……蘭蘭！把妳的胸罩尺寸告訴我！」

亞霜學姊轉頭一說，明日葉院同學可能是全都聽到了，一臉排斥地回答：

「……F60，怎麼了嗎？」

「「「F60！」」」

這次我也加入戰局了。

60公分？不是在說腰圍吧？是胸下圍對吧？雖然說她個頭真的很小……但F60……我還是第一次聽到這種尺寸……

亞霜學姊扶著頭，像是要壓抑頭暈目眩的感受。

「嗚唔嗚……！小月月，妳學姊我腦袋快要生病了……！」

「學姊，振作點！不要輸給大胸啊！」

南同學她們受到謎樣傷害發出哀嚎，我則是愣愣地注視著明日葉院同學的胸部。好H喔……

明日葉院同學害羞地匆匆逃開，於是我重新打量南同學拿在手上的，那件浮誇又色情的胸罩。

從尺寸來看，應該是我的不會錯。可是，這種東西是什麼時候被放進去的……？

眼睛轉回包包裡，我發現替換衣物的底層，好像露出了一張紙條。

拉出來一看，是寫給我的字條。

『我幫妳放了一件作弊道具，給我把事情搞定。媽媽上。』

……媽媽……趁打包的時候偷放這種東西……

哪有做媽媽的會這樣強力支援女兒的初體驗？

「諸位！任何攜帶決勝內衣的人請立刻主動申報！」

「我們將會秉持公平原則發表評語——！」

「順便一提，不才小妹亞霜愛沙，帶了漆黑款式過來！」

「咿咦咦！學姊妳根本沒資格說別人嘛！」

一回神才發現，我被南同學以及亞霜學姊抓去一起鬧，根本沒那閒工夫怕生。

順便一提，會長的內衣全部都很H。

「因為人生當中，沒有一天不需要決勝負嘛。」

「「晚生受教了——！」」

亞霜愛沙◆我的專屬位置

「學長，要與你暫時離別了……嗚嗚。」

「太假了啦，白痴。」

聽到習以為常的冷淡對應，我吐個舌頭裝可愛，就去跟女生組會合了。

下午大家決定分頭各自遊覽溫泉街，於是成員自然而然地分成男女兩組。伴手禮或是美食當然很棒，但以女生來說最不能錯過的還是溫泉！反正不能男女混浴，大家經過討論覺得男女生分頭行動比較方便。

好吧，有時候也要給彼此一點空間嘛。我也可以趁機擬定明天的作戰計畫……不過，假如有時間，我也想跟學長兩個人到處走走——說說而已啦。

「附近有間價格親民的公共浴場，先去那裡看看好了。」

跟著事前查好所有資料的鈴理理，大家走在木造建築林立的街道上。講到溫泉街，會給人一種滿街浴衣情侶的印象，沒想到大家的穿著都很普通。好像是因為坡道很多，穿木屐不好走的關係。這方面鈴理理也事先跟大家解釋過了。

「不過話說回來，愛沙妳今天還滿拚的嘛。」

鈴理理別具深意地咧嘴一笑，看著我說道。

「嗯——？什麼意思——？」

「怎麼一反常態變得這麼積極主動啊？實在沒想到妳會那樣堂而皇之地把星邊學長帶走。」

好像是在說上午的事。那點程度就來稱讚我，反而有損我的名聲哩。

「還好啦～這次我有點認真起來了。」

「妳說……認真嗎？」

小結子這樣問我。對於這個可愛的學妹兼徒弟，我用坦蕩蕩的態度說起：

「妳們看嘛，學長都已經三年級了耶？甄試也考完了，一進入明年很快就可以自由到校，那樣就不知道什麼時候還能見到他了——想說在那之前，先讓他體會一下我的魅力～這樣？」

「妳就明講吧。直接說『我怕他畢業後會把我忘掉』就好。」

胡說八道！像我這麼可愛的學妹，那個沒女人愛的學長哪有可能忘得掉啊！

……以前的我會這麼說，不過這次……

「哎……算是吧。這也是……原因之一。」

聽我接受忠告坦率地這麼說，鈴理理一臉驚訝，眨眨她那雙大到讓人生氣的眼睛。

「妳這次……是真的要認真面對了呢。」

「就跟妳說是這樣了啊。」

從以前到現在，我從來沒有想過要讓某個特定的人來喜歡我。

我只想讓好多好多人來寵愛我。什麼人都好，我只想被吹捧讚美。因為我有著這樣的欲求，所以玩過SNS，也跟看起來比較乖巧的男生搭過訕……可是，說真的，我從來沒想過，其他人怎樣都好，我只要這個人關心我——這樣的念頭，可能一次都沒有過。

我總覺得把這種心情稱為戀愛，就好像是認輸了，而且也很害羞——可是，在我的心中，的確蘊藏著無可掩飾的恐懼與欲望。

我不要任何人把學長搶走。

我希望學長，只看著我一個人。

他想怎樣隨便應付我都行。不對，我就希望他永遠隨便應付我。就應付我一個人。

我無法忍受自己現在的所在位置，被別人占走。

……我是從什麼時候開始，產生這種想法的呢——

「——哎，總之妳們這幾個單身貴族就看著吧！本小姐會在這三天內，讓妳們見識到什麼叫做撩男！」

「真佩服妳能立起這麼精彩的失敗旗標。」

「不准烏鴉嘴！」

因為阿丈沒有要畢業，就在那邊拿爆米花看好戲！

「……加油，學姊。我……一定會為妳加油的。」

「小結子～！謝謝妳～！出外果然就是要靠學妹！」

被我緊緊一把抱住，小結子苦笑了起來。

……一瞬間，我覺得她的表情當中，好像參雜了深思某些問題的嚴肅神色——但我覺得是自己多心，很快就把這事忘掉了。

伊理戶結女◆女生一般來說不會聊這種話題，但也有些人並不普通

——認真。

曉月同學說過。她「這次，有點認真」。

亞霜學姊也說了。她「這次，有點認真」。

「有點」不過是掩飾罷了。這兩個極少表現出內心想法的人，一用上「認真」兩個字，應該就代表了相當大的決心。

她們倆要為了什麼認真起來？亞霜學姊是為了在星邊學長畢業之後，還能跟他在一起。那曉月同學呢？目前看起來，她還沒有做出什麼特別的舉動，但一定跟川波同學有關。

兩邊即使維持現狀，看起來感情都已經夠好了，但她們還是說要「認真」起來。

那我呢——這不知是我第幾次捫心自問了。

我……有認真起來嗎？

我……是否認為有認真起來的必要？

「——結女～！妳脫得太慢了喔——！」

意識從沉思浮上表面時，全裸的曉月同學就站在我眼前。

她天不怕地不怕地叉腿而立，肩膀上掛著毛巾。

「曉月同學……妳都不遮一下的嗎？」

「為什麼要遮——？都是女生啊！」

曉月同學發出有點猥褻的「咿嘻嘻」笑聲。好吧，雖然她說得的確沒錯，但我覺得也沒必要在別人面前站得這樣腿開開的吧。

我們現在來到了女浴場的更衣室。既然準備要進入浴場，當然一定要脫衣服才行。可是，我剛才在想事情……加上我很少跟別人一起洗澡，因此在置物櫃前面猶豫了一下。

我剛才是盡可能避著別人的眼光，身體對著置物櫃，心急地脫下襯衫——但似乎也有人不像我這樣害羞。

「就是覺得害羞才會害羞啦！在這裡全裸才叫正常，所以妳擺出理所當然的態度把衣服脫掉就對了！」

「我知道，可是……」

「脫！快脫！快嘛！讓我看！」

「怎麼好像聽到妳叫我脫給妳看？」

曉月同學這個人，偶～爾會說出些不像是同性的發言呢……好吧，其實我知道她是在開玩笑，而且最近好像也比較收斂了。

「那麼各位，小生先進去了。」

態度堂而皇之的，原來不是只有曉月同學一個人。

紅會長也毫不遲疑地脫光衣服，用堅挺翹臀對著我們走向浴場。

看到她的背影，我不知為何，竟覺得有點感動。

一方面是看到紅會長這個大人物的裸體讓我感動，另一方面是她那白皙細緻的肌膚漂亮到讓人起雞皮疙瘩……但最大的原因是，她的站姿與走路的一舉一動是那麼的自然不造作，完全是慣於成為矚目焦點的人特有的姿態。

實際上，曉月同學就瞇起眼睛緊盯著會長的臀部不放。

「會長她啊——個頭那麼小，可是身材超棒的耶。雖然胸圍普普通通，但也因此更加突顯了安產型的臀部曲線——」

「別再說了。」

我用手臂擋住了曉月同學的眼睛。也許在不久的將來，在公共浴場穿入浴服裝就會變成常態了。

「小月月妳雖然這樣說，但妳身材也不錯呀！」

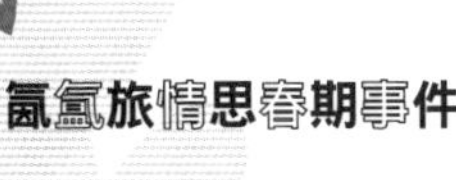

同樣一絲不掛，同樣把毛巾掛在肩膀上的亞霜學姊這麼說了。

學姊盯著曉月同學的身體上下打量，說：

「又纖細，又小巧玲瓏，該凹的地方凹……記得妳好像有在玩運動？」

「只有偶爾去幫別人社團活動的忙啦～我倒想說……」

這次換成曉月同學看著亞霜學姊，咧嘴笑了起來。

「大姐大，妳才根本是名模身材嘛！為什麼要做那些沒意義的事啊！」

「不准說沒意義！我高興就好，妳管我！」

卸除了地雷系原形畢露的服裝，以及藏在胸罩裡的大量虛榮心之後，亞霜學姊現在看起來身材高瘦直挺，就像是模特兒或游泳選手。

明明是裸體，看起來卻很藝術，一點也不色情。讓人聯想到裸女畫或是米洛的維納斯雕像。特別是腰部的緊緻程度，同樣身為女生都覺得簡直是奇蹟。

「大姐大，妳沒有在玩社團什麼的吧！怎麼會有這種細到快斷掉的腰圍啊！」

「哼哼，有沒有，有沒有？我想說只要縮小腰圍，或許可以把胸圍襯托得大一點～超努力塑身的！」

「小妹佩服得五體投地！超尊敬的啦！」

在突然變成小弟的曉月同學一番吹捧之下，亞霜學姊擺出了各種姿勢。曉月同學雙手比出相機手勢，開始起鬨著說：「很好——！不錯喔——！啪嚓啪嚓！」

可能是看到學姊的這些動作了，東頭同學一臉困惑地靠過來，湊到我耳邊嘀嘀咕咕地呢喃：

「（請問一下……結女同學，那位學姊……）」

「（這就叫做敬鬼神而遠之啦，東頭同學。）」

東頭同學並不知道亞霜學姊的虛榮心問題，看到她身材急速變形一定很震驚吧。她「哈哇～……」叫了一聲望著那平緩的丘陵。

不過話說回來……不愧是校內蔚為話題的美少女學生會，亞霜學姊與紅會長的身材都好驚人。東頭同學還有明日葉院同學更是不用說，曉月同學也因為有在運動，身體曲線中隱藏著健康美。

我身邊的人，水準都太高了。

要跟像她們這樣的女生一起泡澡，真讓人有點卻步……我邊想邊伸手到背後，解開胸罩的小顆背扣。

「……欸，小月月……」

「……是，大姐大……」

「……我覺得像小結子那一型的……」

「……是，像那樣個性認真又清純的女生……」

「……如果衣服一脫，發現身材超火辣……」

「……會讓人慾火焚身，對吧……」

我不知為何產生一陣寒意，急忙用洗臉毛巾遮住了胸部。

「甚至可以說最情色的根本是她。」

「結女不用脫衣服就已經是情色女王了啦，學姊！」

「妳們在說什麼啦！」

請不要毫不猶豫地對學妹或朋友投以邪惡眼光好嗎！

「呀——！她生氣了——！」兩人像小孩子一樣嬉鬧，一溜煙地逃到浴場那邊去了。真是……她們倆湊在一塊簡直是一加一大於二，沒人制得住。

我也已經準備好要入浴了，但其餘二人——東頭同學與明日葉院同學，還沒把衣服脫完。東頭同學停在上半身只穿胸罩的狀態，明日葉院同學更是只脫了外衣。

「妳們怎麼了？……是不是怕羞？」

這讓我想起來，之前東頭同學好像說過「就算都是女生，脫光還是會害羞」——說不定明日葉院同學也跟她屬於同一型。

明日葉院同學把手放在女版襯衫的鈕扣上，不高興地抿起了嘴唇。

「沒……沒有，沒什麼好怕羞的。在浴場脫光很正常啊。我等一下就過去，請伊理戶同學妳先去吧。」

「這樣呀……那就好。」

何必連這種時候都要發揮不服輸的個性呢？就在我覺得她很可愛的時候，明日葉院同學開始一顆顆解開女版襯衫的鈕扣。

至於另一位——東頭同學則是上半身只剩胸罩、下半身只穿裙子，停在衣不蔽體的狀態把手繞到背後，好像在跟某種東西搏鬥。

「不、不好意思……這件胸罩是才剛改的，我還不熟悉背扣的位置……」

「妳可以嗎？要不要我幫妳解開？」

「麻、麻煩妳了……」

我繞到東頭同學的背後，伸手抓住胸罩橫越白皙背部的胸帶。

這件胸罩……背扣足足有三排。可以配合罩杯尺寸，調整胸帶的長度。而且她現在扣在最短的位置……難道她覺得還會再變大？

我懷抱著些許的敬畏心情，解開小顆的背扣——

——肉彈蹦跳！

我彷彿聽見了這種音效。不，這只是錯覺。不可能因為飽滿雙峰從胸罩的拘束獲得解脫

承受重力，就發出這種音效。不，可是，我剛才，的確……

「呼——謝謝妳——」

「不、不會……」

我總覺得好像看到了什麼令人生畏的事物，逃也似的往浴場走去。

……說到這個……

已經認識半年了……我還沒看過東頭同學的裸體呢……

伊理戶結女◆四顆果實

「喔哇——！熱水是金色的耶——！」

曉月同學低頭看著大澡池裡的熱水，興奮地叫道。

澡池裡的熱水與其說是金色，其實是混濁的茶褐色，完全看不到底。我稍微沖洗過身體後，從腳尖讓身體慢慢浸入澡池，把拿在手裡的洗臉毛巾放在浴池邊緣。

「呼……」

好舒服……今天走了不少的路，現在一泡澡，更覺得像是渾身接受按摩一樣。被人看到自己整個人懶散放鬆的模樣會有點害羞，幸好有混濁的泉水幫忙遮掩身體。

「哈啊～真是人間天堂……」

「學姊，妳講話好像大叔喔。」

「又不會怎樣，泡溫泉就是這樣呀～小月月，妳知道嗎？這個溫泉啊，好像有出現在《日本書紀》裡喔。」

「《日本書紀》？那已經不是歷史，根本是神話了吧？」

「《日本書紀》全三十集當中，只有第一、二集是描述神代。」

把毛巾放在頭上的紅會長，說話就像活維基百科一樣。

亞霜學姊把下巴都泡進茶褐色的熱水裡，說：

「總之啊，說成人間天堂沒錯啦～因為就連神明都有泡過呀。大概吧……」

看她放鬆成這樣，真難想像她剛才還鼓足了幹勁說：「一定要把到星邊學長！」還是說她這是在養精蓄銳？

曉月同學坐在浴池的邊緣，回頭往後看。

「對了，東頭同學她們呢？」

「應該很快就會過來了吧。」

說人人到。

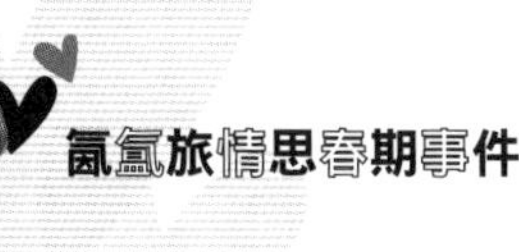

兩個女生從更衣室那邊，光著腳穿過氤氳熱氣走過來。

東頭同學個頭比我高一點點。所以明日葉院同學跟她站在一起，看起來更顯嬌小。

但是，兩人的存在感不相上下。

這是因為——

——蹦蹦跳——蹦蹦跳——

「請、請問……怎麼了嗎？」

「沒有，沒事。」

「那妳幹嘛一直湊過來看我！」

明日葉院同學扭轉身子，躲避東頭同學從上方湊過來看的眼睛。

東頭同學也跟著傾斜身子，眼睛追著她跑。

她們的一舉手一投足，某個部位都在跟著晃……波濤起伏——

——蹦蹦跳——蹦蹦跳——

「「「……………………」」」

面對四顆進逼而來的果實，我們無言了。

我們早就知道它們很大，也有實際摸過，知道它們很柔軟。

可是——一旦加上雪白的肌膚，以及不管怎麼晃都能變回原狀的彈性，就是未知的領域了。

東頭同學也是，明日葉院同學也是，明明看起來又大又重，卻完全沒有輸。你問輸給什麼？就是重力。

東頭同學的似乎稱為吊鐘型，是把水滴狀下乳突顯得重量感十足的形狀。至於明日葉院同學，那種的似乎稱為碗狀，呈現漂亮的半球形，可以清楚看出它們渾圓的輪廓。不過與其說是碗，不如說成大碗公更貼切。

這四顆白色果實排成一列，蹦蹦跳……蹦蹦跳……就像水球一樣上下彈動，又變回原本的形狀。

好驚人的魄力。當注意到時，我們已經化為配合彈跳的胸部，讓眼睛上下移動的機器。

「讓各位久等了——」

東頭同學一邊語氣悠哉地說，一邊在我們面前跪下。就在她彎曲上半身的那一瞬間，我看到吊鐘型的肉團稍微往下拉長了一點。

在她的身邊，明日葉院同學用木桶舀起浴池裡的熱水潑在身上。熱水的水滴在光線反射下，照亮了她嬌小的身子。

「嘿咻。」

東頭同學也照著做。當她把木桶舉到肩膀高度時，我不慎看見她的一邊胸部被上臂托起，軟呼呼地壓扁。

我在浴池裡抬頭，仰望熱水水滴沿著肉球的下半部，從那彷彿可以做為數學題目的美麗弧線滴滴答答地滴落。

「……？請問怎麼了嗎……？」

東頭同學與明日葉院同學，好像終於注意到我們的反應了。

但是，我什麼話都說不出來。

我只能膜拜讚揚人體的奇蹟。

直到唯一一位……挑戰這個奇蹟的勇者現身。

「東頭同學……」

這句呻吟般的呼喚，出自曉月同學的口中。

曉月同學跪著挪動雙膝靠近東頭同學身邊，用前所未見的嚴肅神情，說道：

「可否准許我觸摸……您裸露的乳房？」

「嗚咦？」

東頭同學困惑不已，連連眨眼。

至於曉月同學則是用崇拜的眼神，注視著東頭同學的果實說：

「我這麼請求，絕不是起了色心……只是，我的……人性當中的直覺在告訴我，只

要……只要能摸到它一下，某些事物或許就會產生改變……！」

「某些事物……指的是……？」

「至今沒能改變的，某些事物……命運……宿命……人生……受到人類智慧無法企及的某種道理既定的，某些事物……」

「是、是喔……」

我偶爾會覺得，曉月同學搞不好是天才。

因為巧的是，我也正好在想同一件事。

「東頭同學，我也要……」

「咦咦！結女同學也要？」

「只、只要讓我戳一下就好！只用手指！好嘛！」

我急忙降低要求，結果反而把整件事情弄得更猥褻。

「蘭蘭……妳過來一下。」

「……不要。」

「拜託嘛！一下下就好！」

「我拒絕！總覺得有種不好的預感！」

「蘭同學……可以請妳過來一下嗎？」

「連、連會長都……！」

明日葉院同學那邊，教徒也開始禮拜神明了。

像漫畫裡常常會有的場面……就是「咦——！妳胸部是不是變大了啊——？」那種景象，現實當中是不存在的。

現實的情況……場面會更為莊嚴神聖。

巨大的物體，總是會凝聚人們的信仰。只要看看奈良建造了那樣巨大的大佛，這個道理就不言自明了。因此，面對巨大的乳房時，也必須秉持著應有的信仰心來觸碰。

東頭同學一臉為難猶豫了半天，最後害羞地別開了目光。

「既……既然妳們這麼堅持……」

獲准了。

我與曉月同學互看一眼，點頭示意。

「那就……」

「一人一邊。」

「咦！」

我到右邊，曉月同學到左邊，各自伸手過去。

我把手指輕輕地放在被熱水弄濕的白皙肌膚上。我完全沒有使力。但只不過是這麼個小動作，指腹已經軟綿綿地沉了下去。

「……喔……」「……喔喔……」「喔喔，喔，喔喔喔……」「喔，喔喔喔喔？」

我們都不禁發出含有感動、驚嘆與困惑的叫聲。

這什麼啊……這什麼啊？這什麼啊！

可以無限下沉，可以無限變形。卻又彈力十足，能夠強而有力地恢復原狀。

原來不只是外表或聲音，觸感也一樣能夠蘊藏美感。

「呼啊……！再、再輕一點……——噫啊！乳、乳頭不行！禁止禁止！」

對，乳頭不能碰。就不要太詳細描述了。

因為摩西的十誡似乎說過，不應該敬拜偶像。

只要知道它們「既漂亮又可愛」就夠了。

「……唉～……」

我不禁發出比泡進溫泉時更大的嘆息。

「總覺得從今天起，人生好像要有所改變了……」

我陶醉地仰望著天花板，曉月同學在我旁邊，有點過度熱烈地用剛才在東頭同學的御神體上揉來捏去的手，往自己的胸部上又拍又擦。那是在試著把某種與美妙巨乳相關的因子轉移到自己身上。

東頭同學一臉疲倦，用茶褐色的熱水藏起了她神聖的肢體。

「唉……女生之間都是這樣的嗎……？還以為那只是漫畫情節呢……」

「沒有啦～……」

「不曉得耶～……？」

我與曉月同學的目光都在四處游移。目光游移到另一處，看到明日葉院同學被亞霜學姊捉住，又被神情嚴肅得像是鑑識人員的紅會長把胸部上下左右摸了一頓，變得滿臉通紅。

一般人應該是不會發生這種狀況……但誰教我們都不太一般呢……

「這下我終於知道了。原來水斗同學那樣還算客氣了呢～」

「「咦？」」

聽到脫口而出的這句話，我與曉月同學不約而同地看向了東頭同學。

「等……等一下。什麼意思？該不會……」

「東頭同學，妳有被他摸過喔？被伊理戶同學……」

「有啊。」

那個……那男的！還跟我擺出一副坐懷不亂的嘴臉！還說什麼只是朋友！原來只有胸部照摸不誤嗎！

「啊，不過那個比較像是意外啦。他馬上就放手了。」

「意外喔……是嗎～……」

「根本只是幸運色狼嘛！有笑點～」

那我都跟他一起住了半年以上，怎麼就沒發生過這種意外？就算乾脆把那一年半的交往過程也加進去，我怎麼就沒有讓他摸過我的胸部？

「我們幾乎天天待在一起，會發生一兩次意外也不奇怪啦——我沒放在心上。」

就跟妳說我們之間什麼都沒發生過了！

「……東頭同學，我想問妳——」

——妳有看過水斗的裸體嗎？

我差點就說出這句話來，但吞了回去。

好險好險，差點就拿莫名其妙的事情壓人了。差點就沒必要地扯出另一個爭議來了。

……不過，她一定沒看過吧。嗯。我就不信他們厲害到有機會一起洗澡。所以只有我，只有我看過水斗的重要部位……呵呵，呵呵呵……

「要這樣說的話，南同學也是吧？」

東頭同學讓巨乳飽滿地漂浮在熱水裡，讓它們像鯨魚背部那樣只露出上半部，說：

「妳跟那個痞子男是青梅竹馬，而且還住隔壁對吧～那應該有發生過一兩次色色的意外事故吧？」

「啊。」

竟然問出口了——我暗自感到一陣悚懼。

關於曉月同學與川波同學在那方面的事情，我至今都刻意不去追問。他們實際上住得那麼近，而且一住就是十幾年，會發生一兩次意外是當然的。或者也有可能不是意外，而是蓄意……但我沒有足夠的勇氣，敢去接觸朋友那種赤裸露骨的部分。

我頓時緊張起來，偷看曉月同學的臉色。

曉月同學咧起嘴角，露出別有深意的笑臉。

「這個嘛～……妳猜呢？」

「我覺得只有發生過什麼的人，才會這樣回答吧。」

「也對啦～可是，妳不會想聽的啦。像是當我撞見那傢伙……尷尬的場面時，都是怎麼假裝沒注意到——之類的。」

「幾乎都已經說出來了嘛。」

什、什麼意思？什麼尷尬的場面……再講得具體一點啦！

我在旁邊這樣想，但東頭同學只是用漫不經心的語氣說：

「南同學妳……這只是我的個人感覺啦……」

「嗯？」

「感覺妳好像有過那種經驗？」

我結凍了。

就我一個人。明明正在泡溫泉，卻凍得硬梆梆的。

經驗。

這兩個字的意思，我好歹還聽得懂。

也許是脫得一絲不掛帶來的解放感，讓人跨越了平時不敢跨越的界線。我們在無意識當中視為禁忌的領域，如今被東頭同學一腳踏了進去。

當然，我也不是沒想過。曉月同學在戀愛方面處處給我建議，像是有過某種戀愛經驗，再加上——有個男生跟她距離那麼貼近，我不可能不去懷疑。

換成是我，假如跟水斗交往的同時又跟他住在一起——可能遲早也會發生一些事情。

我在熱水裡按住心臟狂跳不止的胸口，偷看曉月同學的表情。

「經驗是吧……」

曉月同學有些困擾地笑笑，開口了。

她的回答是——

「■■啊。」

——是「有過」還是「沒有」？

我決定將這個答案，當成我們之間的小祕密。

伊理戶水斗◆手作的手銬

「這個可樂餅超好吃的。」

「幸好午餐有少吃一點留肚子～」

「這應該也是紅計畫的一部分吧。那傢伙連出來玩都超能幹的。」

「哦！有在賣汽水耶。我去買一下。」

我們男生組，基本上就是在溫泉街散步然後邊走邊吃。儘管是一群各行其政的烏合之眾，但倒是還有唯一一項共識，就是沒愛乾淨到一天需要洗那麼多次澡。

我們一手拿著好像是必吃名店的可樂餅走下坡道，看到一個地方有很多人在遮雨棚底下席地而坐——遠遠看起來像是這樣，但靠近一看才發現並不是席地而坐。是足湯。

看來這裡不收費，路過的人都脫掉鞋襪，把腳泡在石造浴槽裡。

「咦？」

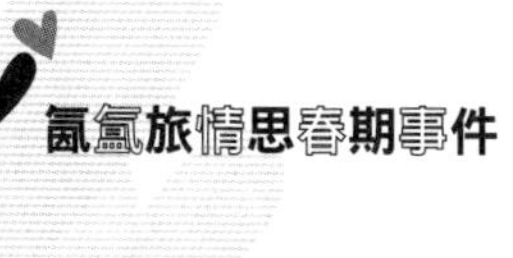

可說是溫泉街風情十足的光景。當我正如此心想，用旁觀者的態度當個過客時，一個坐在木板座位上泡足湯的人，忽然轉過頭來看我們。

「哦，這不是學長嗎——！」

「啊？什麼嘛，原來是妳們啊。」

轉頭看我們的原來是亞霜學姊。仔細一瞧，還有紅會長、明日葉院同學、南同學、伊佐奈與結女，也都把腳泡在石造浴槽裡。

我們也沒多想就走過去，亞霜學姊見狀，情緒興奮歡快地跟星邊學長說：

「學長你們有去哪裡泡溫泉嗎——？」

「沒。旅館就有得泡了啊。」

「所以就到處買東西吃嗎？男生就是這樣呢。愛沙跟大家有去泡湯喔——」

經她這麼一說，頭髮或皮膚似乎是變得比較有光澤……感覺啦。我平常沒在仔細觀察，也看不出太大的不同。

「既然這樣，要不要至少泡個足湯再走？」

紅會長把白天穿著的絲襪脫了擺在某處，腳泡在泉水裡如此說道。

「現在正好有空位，再坐四個人沒問題的。」

她一邊對星邊學長這麼說，一邊在自己與身旁亞霜學姊的中間，讓出了一個人的空位。

……原來如此。這是在幫她一把吧。

南同學可能也感覺出來了，立刻很有朝氣地說：

「不錯啊！川波還有伊理戶同學也過來吧——！旅館沒有足湯可以泡喔——」

「喔——說得也是！反正都來到溫泉街了嘛！」

話題忽然丟到自己手上，川波即刻回應，迅速脫掉鞋襪捲起褲腳，到南同學的旁邊坐下。也就是代表男生接受邀請，而且到女生的身邊坐下，藉此塑造出讓大家跟進的趨勢。

這對青梅竹馬，在這種時候是真的很有默契。

「好吧，正好休息一下。」連星邊學長也去坐在亞霜學姊的旁邊，剩下我與羽場學長就不能兩個人呆站原地了……說不定羽場學長還真的打算這麼做，但紅會長維持坐姿伸手過來，硬是把他拉到了自己身邊。

像這樣男生分開坐在女生之間，簡直跟陪酒沒兩樣……我內心悄悄嘆氣，心想這時就要靠伊佐奈了，正打算走到她身邊……

「這邊。」

但這時候，結女已經空出了位子來。

她刻意讓坐她旁邊的伊佐奈挪一挪，在自己旁邊空出一個人的位子。

我如果去坐在那裡，就會被夾在結女與伊佐奈之間……但若是硬要忽略那個位子，又會

被她發現我在胡思亂想，感覺好像更可恥。

簡單一句話，我卡關了。

如果這是她算計好的，那算她厲害。我一邊暗自舉白旗投降，一邊坐到結女與伊佐奈的中間，光著腳泡進泉水裡。

結女從旁湊過來看我的臉，說：

「怎麼樣？是不是很舒服？」

溫泉的水溫逐漸滲入雙腳。彷彿肌肉累積的疲勞都溶解在水裡一樣，確實是很舒服。

「是啦，畢竟很久沒有一天走這麼多路了。只是我目前還感覺不出來跟普通泡澡有什麼不同。」

「我們剛才泡溫泉，比這個更舒服喔。泉水是混濁的金色──對不對，東頭同學？」

「對呀～……哈呼。」

伊佐奈小聲打了個呵欠。眼睛也變得空洞無神，頻繁地眨眼睛眨個不停。

「妳睏了嗎？」

「因為今天起得很早～……又去泡了澡～……」

「但妳泡溫泉時還很有精神呀。」

「那是因為結女同學妳們都不肯讓我睡……」

「不、不要講得這麼猥褻啦！……雖然做的事情或許是有點猥褻沒錯。」

妳們在溫泉裡幹了什麼好事啊……

伊佐奈迷迷糊糊地就快要進入夢鄉，身體慢慢往我這邊倒。肩膀一相碰，就傳來一種熱水袋般的溫暖觸感。大概是因為她泡過溫泉吧。湊近一看，感覺好像頭髮也變得更為輕柔，臉頰也像小嬰兒般彈嫩。

「不要真的睡著喔。這裡沒有椅背，我很難扶妳。」

「你加油吧～……」

「不是啊，喂……」

伊佐奈終於把她的頭，靠到了我的肩膀上。輕柔的髮絲，碰到了我的臉頰與脖頸。有種洗完澡特有的潔淨芳香。我不得已，只好把手臂繞過去摟住伊佐奈的肩膀當成椅背。

「她是不是錯把我當成枕頭了啊……」

「那是你平常的行為有問題。誰教你隨便讓女生躺你的大腿。」

聽到結女這種指責的口吻，我反駁說：「不是我讓她躺，是她硬要躺。」我發誓，我從來沒有說過要讓伊佐奈躺我的大腿。

「好吧，其實我能體會她的心情。泡溫泉讓人身心太放鬆了。」

「真的那麼舒服嗎？」

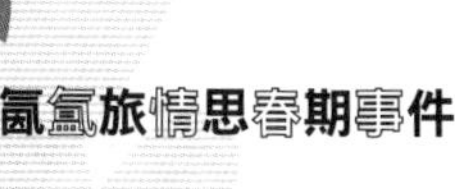

「你向來都是洗三分鐘戰鬥澡，當然不知道了。但我還滿喜歡泡澡的。」

結女稍稍抬起放在泉水裡的腳，像是做個伸展。露出水面的小腿，被水光反射得光彩耀眼。與我截然不同、毫無毛孔的雪白肌膚抓住我的目光。同時，視線又險些飄向從掀起的裙襬露出的膝頭，甚至是更上面的大腿，我只能堅定內心讓視線逃向自己的膝蓋。

「難得有這個機會，你要不要也好好泡一次溫泉？說不定會讓肌膚變得彈嫩唷。」

說著，結女塗上薄薄一層護唇膏的嘴唇露出淺淺笑意。

仔細一看，結女也跟伊佐奈一樣，肌膚變得像嬰兒一樣光滑，且帶有一絲發熱般的紅潤……不是，也不過就是剛洗過澡的結女，在家裡都不知道看過幾次了，沒什麼好稀奇的。

我卻——

「……妳想看我肌膚變得彈嫩？」

「呵呵。好像有點想看。」

我們這時，就只是正常地、理所當然地在講話。

結女的小指卻輕輕靠過來，碰了碰我放在木板座位上的那隻手的小指。

從被碰到的地方彷彿流入一道電流，使我差點痙攣抖動一下。但是，這應該只是碰巧。

我只是有點反應過度——

「你皮膚這麼好又娃娃臉，泡過溫泉之後搞不好會變成女孩子唷？」

可是，她沒有把手收回去。

結女的小指碰到我的手，然後繼續帶著明確的意志，用指尖撫摸了我的小指。

「……在講哪部老漫畫啊？」

「對耶，有個作品是這種設定。我好像在網飛上看過。」

一開始是指甲前端。然後越過第一關節，在第二關節上鑽著玩。

接著指尖來到小指根部，硬是擠進它與無名指之間，讓兩根小指互相交纏。

「以前的動畫都很長，一看下去就是好幾個小時——」

結女的小指鑽進我的手裡，開始摳挖般地逗弄我的指蹼。

就好像在要求我做出什麼反應。或許是我搞錯了，但這個解釋就是不肯離開我的大腦，逐漸把我的腦細胞電得酥麻。

我必須試一試，確定這到底只是有限度地鬧著玩，抑或是——

我——讓無名指，滑進了結女的指縫間。

「——啊……」

我彷彿聽見了小小的低呼。

不知道為什麼，儘管我無法親眼確認——卻覺得似乎聽見身邊，傳來這種簡直……像是嬌喘的聲音。

結女纖細的手指，彷彿比我記得的還要更細緻水嫩。我撫摸她中指的側面，然後就像她剛才對我做的那樣，碰了碰她的指蹼。我一碰，那隻手細微地抖動一下，以極小的程度，把擋住我的無名指抬高了一點點。好讓我——更容易繼續摸。

我感覺大腦當中，有一條線噗滋一聲斷開了。

我用指尖把結女的手指，每一根都從根部撫摸到指甲前端。全部摸過之後，再從小指這邊開始，把手掌慢慢覆蓋到結女的手上。

四周的喧囂從我的腦中消失。

掌心接觸結女的手，感覺還是一樣的水嫩、細滑，而且小巧。我從來不覺得自己的手有多大，結女的手卻完全藏在我的手掌底下。只有這一刻，我無法不實際感受到自己是個男人。而她是個女生。

我想更進一步確認這種男女之別，讓手掌滑向手腕那邊。她的手腕細得像是一折就斷。只要把拇指往下繞，很容易就能圈住它。做出這種動作，簡直就像是給她戴上手銬。我只要維持這個動作，她就跑不掉。

怦咚——怦咚——我用我的指腹，感受到結女的細微脈搏。

不知不覺間，我們之間的對話消失了。

真不錯！

我置身於包圍足湯的酸酸甜甜空間之中，在心裡按讚。

伊理戶家那兩個不用說，亞霜學姊也把肩膀湊向星哥勇敢果斷地展開攻勢，學生會長則是用足湯裡的腳丫子去磨蹭羽場學長的腳逗他。雖然還有東頭那傢伙靠在伊理戶身上睡覺，讓我很不爽就是了……

總之沒枉費我誘導男女生相鄰而坐，也幸好女生她們都願意配合。沒辦法，這些男生包括星哥在內，不知為何態度都太消極了。

「看你高興的咧。」

身旁的曉月說了。我一面發出壓抑過的笑聲，說：

「事情發展得這麼順利，想不高興都難啊。」

「你真的是來者不拒耶～只要是情侶都ＯＫ喔？」

「當然不是好嗎？路邊那些輕浮陽光系情侶引不起我的興趣。還是要有一點情竇初開的感覺才行。」

「原來如此——那學生會的確是極品。」

「講得好像妳很懂一樣。說到這個，我都不知道妳什麼時候變得跟學生會的女生這麼要好耶。」

「體育祭的時候參加應援團認識的啦，大家現在感情還不錯喔。我想我應該知道很多其他同學不知道的內幕吧～」

「什麼……？」

雖然釣餌放得太明顯，但我無法不上鉤。

本屆這個化作美少女集團的學生會，當然流傳出了滿像一回事的各種傳聞。但是每個成員都很有防備心，學生之間的情報網路幾乎沒接收到什麼明確的消息。

曉月不懷好意地笑著，說：

「是不是很想知道呀？學生會的戀愛內幕。」

很想。

……但是，輕易上鉤不是聰明的做法。會讓我今後在學生會的事情上持續被她吃得死死的。

「少看扁我了。我多少也有獲得一些小道消息。」

「比方說咧？」

「像是體育祭的時候，亞霜學姊替星哥做了便當帶來學校……還有文化祭的時候，學生會長曾經跟羽場學長一起搞失蹤。」

「喔……就這樣啊？」

「什麼？」

「我們女生啊～只要成了朋友，就會變得幾乎無話不談喔。」

妳說……無話不談？

我忍不住用熱情的視線緊盯曉月的臉。「嘻嘻嘻。」曉月笑得十分下流。可、可惡啊……！這傢伙只因為是女生，就可以這麼奸詐……！

「想知道嗎？你一定很想知道吧？只要你說：『拜託告訴我嘛～』說不定我會大發慈悲跟你爆料一個祕藏消息喔？」

「嗚……」

「嗯～？」

曉月把肩膀靠過來，裝模作樣地用耳朵對著我。真該死……！雖然很不甘心，但也只能拋開自尊了……！

「拜……拜託，告訴我……」

「呵呵～！」

曉月翹起嘴角，露出得意洋洋的笑容。可惡透頂～～～！

「那麼，不可以說出去喔。」

看曉月對我頻頻招手，我側傾身體，把耳朵湊向曉月的嘴巴。

曉月的呼氣搔動我的耳垂，然後，呢喃聲悄悄在我的耳膜上跳動：

「（亞霜學姊她啊……應該會在這次旅行當中，跟星邊學長告白喔。）」

我睜大雙眼，轉回去看曉月的表情。

她還是一樣笑得很賊，但給人的感覺不像是在開玩笑。

「……真的假的？」

「真心不騙。」

我只轉動眼睛，看了看坐在星哥旁邊，那個綁披肩雙馬尾的學姊。

說到亞霜愛沙，據說她因為言行舉止充滿撩男小心機，從一年級開始就是個名人。其他女生如果做出同樣的言行只會丟人現眼，但有她那樣的美貌就成了強力的武器。只是據說作為代價，其他女生都不怎麼喜歡她。

但是心機耍歸耍，卻沒聽說她有過哪個固定對象。原本大家都認為那是因為她的要求太高，然而到了這一刻，「因為她的目標是前學生會長星邊遠導」這個說法頓時變得最有說服力。

星哥也很有兩下子，成績優秀外加曾經是體育社團成員，個頭又高，私底下其實相當受女生歡迎。本人似乎怕麻煩而懶得交女朋友，但就連這種個性配上他那種完美條件也會被理解成「酷酷的」。完全是女生心目中的男神。

男人心目中的女神亞霜愛沙，配上女生心目中的男神星邊遠導——要是這兩個人變成一對，確實可以說是重量級情侶的誕生……

「學長學長！我們來合照吧！」

「啊——？很麻煩耶。」

「那愛沙就擅自跟你拍嘍！」

「懂不懂什麼叫做肖像權啊？」

「來，笑一個——！」

「……不准放到網路上喔。」

亞霜學姊拿自拍當藉口，把手搭在星哥的肩膀上，讓胸部貼近到不能再近。

那個距離感……那種進攻手段……的確不只是在捉弄他，感覺是玩真的……

「我沒騙你吧？」

看到曉月略顯得意地說，我覺得不太對勁。

「妳……在打什麼主意？」

「什麼意思——？」

「明明老是叫我偷窺狂取笑我，為什麼又要給我這種情報？」很可疑。

這傢伙竟然會給我好處，絕對是有所企圖。

「因為我跟亞霜學姊是朋友，我想支持朋友的戀情修成正果呀。你看嘛，只要先跟你說一聲，你就會適時地幫一把不是嗎？」

說得是有道理……但總覺得，這回答好像是事先背好的台詞。

雖然我始終無法消除心裡的突兀感，但在我開口之前，

「各位同學，我們差不多該走了。也不好意思一直霸占著這裡。」

學生會長這樣一說，「好——」曉月就跟著站起來了。

我還來不及多問，曉月已經開始跟其他女生說：「東頭同學，醒醒——結女也是，要走嘍！」東頭同學揉揉眼睛，伊理戶同學有點恍神地回答：「啊，嗯……」我就這樣失去了開口問她的機會。

「學～長！旅館見嘍——！」

我只能目送女生組消失在坡道上。

總覺得，她今天怪怪的……那傢伙是怎麼了……？

「……唉……」

女生組不見人影了之後，伊理戶深深嘆了口氣。

一看，不知是不是我心理作用，那張臉好像比平常紅了點。

「怎麼啦？」

「沒有……」

伊理戶回得不得要領，沉默地開始擦乾泡濕的腳。

「我們也該走了。」

聽星哥這麼說，我們也離開了足湯。

星邊遠導◆請不要這樣好嗎？

在溫泉街逛到太陽快要下山，我們回到旅館，泡了個澡。然後大家決定各自做自己的事，等著吃晚飯。

我穿著浴衣，坐在大廳的交誼廳滑手機。跟學弟們結伴逛街是不賴，但任何人都需要獨處的時間。獨自享受高中生高攀不起的旅館氣氛，倒也別有風味。

「——學～長？」

我是說——本來應該是這樣。

聽慣了的嗓音讓我不情不願地抬頭一看，亞霜面露看慣了的笑容湊過來看我的臉。所謂看慣了的笑容，說穿了就是做作的討好表情。

「你在幹嘛啊～？一個人在這裡當邊緣人。」

「在享受什麼也不做的時光。」

「呵呵，真不像學長會做的事。」

說完，亞霜突然抓住自己的袖子，在身體兩側輕飄飄地晃動。

我假裝沒看見，亞霜就繞到我的眼前，側著彎腰瞧瞧我的臉，然後又在我的眼前晃動袖子。

「學長？學～長？你是不是該跟愛沙說什麼呢——？」

……真是，有夠愛做自我主張。

亞霜跟我一樣，都是穿著浴衣再披上羽織外套。剛才被她輕飄飄晃來晃去的，就是偏紅色羽織的袖子。

穿在平常穿著打扮活生生是個地雷系的這傢伙身上，即使只是件普通浴衣，看起來竟也挺新鮮的。這傢伙只要把自己搞得正常一點，其實長得還不錯看。

我嘲諷地歪唇說：

「這就叫佛要金裝，人要衣裝。」

「意思是愛沙世界無敵可愛嗎？」

「請妳回小學去重念國文。」

「用學長語來解釋就是這個意思呀——」

說成誤譯都還算好聽了。

亞霜沒問過我的同意，就一屁股在我旁邊坐下。也不給我機會開溜，就把屁股硬是拖過來，靠近到跟我肩碰肩的位置。

然後，

「（辛苦你了，學長♪）」

她像是在我耳邊吹氣般，呢喃著說了。

我歪著頭讓耳朵躲開，說：

「什麼辛苦了？」

「努力帶那些學弟呀。」

「也沒特別努力。不如說是川波那傢伙在帶我吧？」

如果去掉那傢伙只剩其他三個，的確會變成是我來帶學弟……幸好川波那傢伙做事積極，讓我輕鬆不少。

「能夠營造出讓一年級的川波同學可以率先行動的氣氛已經很棒了啦。學長只是嘴上不老實，其實還是很會照顧人的。」

「少稱讚我了。被妳稱讚會讓我有種受騙的感覺。」

「我是認真的。」

忽然間……

我聽見了既無意嘲弄也沒在撒嬌，極其嚴肅的聲調。

一瞬間我不知道這是誰的聲音，腦袋有點混亂。轉頭一看，仍然是學妹那張熟悉不已的容顏。

「跟你說，學長。**我**說的這些都是真心話。我是真的——覺得學長很厲害。」

「喂，妳是怎麼了？平常那個聽了都替妳害臊的自稱……」

「沒辦法啊，我如果偶爾不講得認真點，學長也不會認真聽進去，對吧？」

亞霜一邊這麼說——一邊把她的手疊到我的手上來。就好像要抓住我似的。

「我覺得學長很厲害。頭腦又好，是個體育健將，又很有看人的眼光。而且……不管再怎麼嫌煩，都從來不會叫我走開。」

「……我明明就有試著把妳趕走。」

「但你不是認真要我走。如果你真的想跟我保持距離，就不會在卸任之後繼續來學生會室了，對吧？」

「……………………」

我之所以在卸任之後繼續到學生會室露臉，是想看看學弟妹接任的狀況。

話雖如此……其實我並沒有在擔心接手我職位的紅。畢竟那傢伙還在當副會長的時候，就已經比我這個會長更有會長樣了。我很清楚她會做得比我更好。

比起她，我真正擔心的是——

「我……可能有跟學長說過，我在家裡是長女……嘿嘿，很好懂對吧？因為從小到大都在照顧小的，所以很想要有人疼。」

「……妳把我當大哥啊。」

「對呀，學長是很可靠的哥哥。高興嗎？」

「一點都不高興。有妳這種妹妹，會把我給累死。」

「既然這樣……」

亞霜的手，使力握住了我的手。

「你願意——不要再當哥哥了嗎？」

……這……

如果不再當大哥……之後呢？

不……我在想什麼啊？真要說的話，我可不記得有當過這傢伙的什麼大哥。只是，這傢伙的眼神，不苟言笑的眼眸，簡直好像在暗示下一步——在那之後的另一階段。

「——嗯～？學長，你是不是在想什麼奇怪的事呀？」

「……嗄？」

一回神才發現，亞霜的表情，簡直好像切換到另一個世界那樣，已經恢復成調皮搗蛋的笑容了。

「不再當哥哥——也就是說……要變成男人了？……你該不會是想到那裡去了吧？」

「……並沒有好嗎……」

「好奇怪喔？語氣聽起來怎麼這麼火大？是不是被愛沙說中了？」

「煩不煩啊！」

我用力推開亞霜的肩膀，她嗤嗤笑著，站了起來。

「那麼，愛沙就此告辭！……建議學長還是變得誠實一點比較好唷？」

亞霜踏著歡快的腳步，逐漸走遠。

我把手肘立在椅子扶手上，托著臉頰目送她離去，一種曖昧不明、悶悶不樂的心情在肚子裡翻攪。

那傢伙，搞什麼飛機啊……

到底是要開玩笑，還是認真面對，選一個好嗎？

亞霜愛沙◆放閃的時候最開心

「嘿嘿～」

「「「…………………」」」

大快朵頤旅館送來的豪華晚餐，我邊吃邊忍不住偷笑。

因為好吃嗎？這也是原因之一。

但是更讓我胃口大開的，是保存在腦中的學長那副表情。

「嘿嘿嘿～」

那個措手不及的表情！原來他有一點點小期待，跟我變成那種關係啊！討厭啦，真是！

看起來那麼難以捉摸，結果學長也是個男生嘛！幹嘛那麼愛找藉口呢～！

「……愛沙。」

忽然間，鈴理理放下了筷子。

「嗯～？什麼事呀～？」

「可以了啦。」

「什麼可以了～？」

「妳可以開始炫耀了。」

霎時間，小結子、蘭蘭還有小月月都猛地轉頭看向鈴理理。

「會、會長！這樣好嗎！」

「我不建議這麼做！難得的飯菜會變難吃的！」

「真不愧是會長～好有度量啊～」

我是搞不太懂，但妳們幾位會不會太沒禮貌了？

鈴理理托著臉頰說：

「繼續讓她傻笑下去才真的會影響胃口。不如乾脆讓她一五一十全說出來，當成大家茶餘飯後的話題吧。」

「咦～？妳在說什麼呀～？愛沙聽不懂耶～♪」

「廢話少說，快說妳跟星邊學長怎麼了！」

哎喲～好凶喔～♪妳在生什麼氣呀～？是不是跟喜歡的男生進展得不順利呀～？

「既然妳們這麼想聽～雖然很害羞，但還是告訴妳們好了～？」

其實我本來是不好意思說的！本來是很想當成我與學長之間的祕密的！但既然大家堅持要聽！不得已我就說了！

於是，我把剛才跟學長發生的狀況說了出來。

「——妳們看，學長是不是很可愛？不過話又說回來，我跟學長太有譜了怎麼辦啊～！」

「「「…………………」」」

不知道為什麼，鈴理理她們都無言地面面相覷。

奇……奇怪？尖叫呢，怎麼沒有來個尖叫？聽到這些不是應該興奮歡呼嗎？

「看妳在那邊傻笑個沒完，還以為是接吻了呢……」

「我以為是告白成功了……」

「真佩服學姊能為了這點小事，就這樣笑得合不攏嘴。」

太過分了吧！

「怎麼不祝我幸福啊！我可是讓那個學長掩飾害羞了耶！應該算大爆冷門吧！」

「恕我失禮，恐怕只有學姊以為學長在掩飾害羞吧？既然都說妳煩不煩了，按照正常方式去理解應該就是嫌妳煩而已吧？」

「不准說出真相——！」

蘭蘭每次都這樣！動不動就逼我面對現實！小學妹還這麼囂張！

「好吧，就算真的是在掩飾害羞好了。」鈴理理說。「那妳也太好應付了吧。只是掩飾害羞就能這樣傻笑個沒完的話，要是發生更進一步的事情妳怎麼辦？」

「如果只是傻笑還算好的了——」這是小月月說的。「因為遇到開心的事會寫在臉上，就表示遇到相反的事也一樣會寫在臉上呀。小鬱上身可是比傻笑要難搞上百倍呢。」

「這麼說也有道理……畢竟這世上沒有什麼東西比心病女更難搞了。」

「會長說得對極了！」

「誰說我有心病了！」

我反而還對自己的精神強韌度很有自信咧！我可是不管被女生討厭到什麼地步都沒放在心上的堅強女孩呢！

「沒、沒關係啦，只要有進展就已經很好了嘛。」

喔，小結子！出外就是要靠可愛學妹啊！

「到目前為止不是一整年都沒有任何發展嗎？現在好不容易得到一點點反應，會高興到沖昏頭也不奇怪嘛。」

「嗚唔！……話裡的刺扎了我滿身……！」

對啦，妳說得沒錯啦……一整年什麼都沒發生啦……虧我還一副騙男生感情當樂趣的臉孔，卻一整年什麼都……白生了這張臉要怪我嗎……總比真的是個賤貨來得好吧……？

「啊，小鬱上身了。」

「學、學姊對不起！我覺得妳這樣很可愛呀！」

「嗚嗚，嗚嗚……真的……？」

「比沒事故作從容來得可愛多了！」

「……我平常，有沒事故作從容嗎……？」

「啊！沒有，我不是那個意思……！」

原來妳是這樣看我的！嘴上叫我師父，背地裡卻是這樣看我的！嗚嗚嗚，女生好可怕……

「愛沙，妳不用如此沮喪。」

鈴理理再次拿起筷子夾菜，說：

「比起一年前已經改善很多了。」

「這算哪門子的安慰話啊！」

「一年前的亞霜學姊，真的有那麼糟嗎？」

小結子微微偏頭。被妳講成這樣，好像現在的我就已經夠糟了？

「豈止糟糕啊。她那時三不五時就想勾引阿丈，搞得小生還親自跑去找庶務前輩，質問為什麼要把這種貨色找進學生會。」

「我們那時候啊，關係真的夠惡劣的了～！啊哈哈！」

「一點都不好笑。小生那時候還認真想過有什麼辦法可以把妳趕出去呢。」

「那後來怎麼會產生轉變呢——？」小月月說。「我覺得兩位學姊現在看起來，感情還不錯啊——」

「這個講得太明白就不知趣了。」

鈴理理這樣說，意味深長地斜看了我一眼。有種不好的預感。

「只能說無論好壞——戀愛都會改變一個人。」

「原來如此！亞霜學姊的確像是會為了男人做改變的類型！」

小月月，妳對學姊講話也挺放肆的嘛！

我氣鼓鼓地把頭扭到一邊，說：

「被妳們講得好像是我先喜歡上學長一樣。一開始明明是學長先來找上我的！」

「的確，妳原本看到星邊學長都躲得遠遠的。」

「咦？是這樣喔？」

看到小結子這麼驚訝，鈴理理壞壞地笑著說：

「照學長那種我行我素的個性，剛開始逗起來一定不好玩吧。說不定反而不知道怎麼跟他相處呢。別看愛沙這樣，她其實不擅長跟太有男人味的男生相處，只敢對自己能取得優勢的文靜男生擺架子啦。」

我聽到有人噗嗤一聲偷笑。

往聲音來源一看，原來是本來都在安靜吃飯的伊佐奈學妹。

伊佐奈學妹發現大家都在看她，變得手足無措地說：

「對、對不起！沒什麼！我沒有在想什麼『典型的宅圈公主，笑死』！」

「都說出來了啦。」

被小月月吐槽，伊佐奈學妹慌得哇哇叫，但我聽了倒是有點暗爽。妳說對了，我這人就是天生的宅圈公主。除了身材以外！

「哎，總之就是這樣，她一開始並不是很愛纏著星邊學長。可是，妳們也知道，星邊學長只是看起來冷漠，其實是很會照顧人的——似乎是因為愛沙整個人實在太可悲，所以學長才會不時找她講講話，看看她好不好。等到發現的時候……」

「麻煩等一下！講得好像我這女生多容易淪陷似的！」

「本來就是吧？」

不准講得這麼理直氣壯！這女的～……！

「……是因為發生過一件事啦。在那之前我是真的都嫌學長煩！」

「哦？那就講來聽聽啊，請問是怎樣的一件事？」

糟糕，自掘墳墓了。

鈴理理臉上浮現意味深長的淺笑，說：

「妳不是很喜歡放閃嗎？那就索性放到底吧。」

……這跟炫耀自己進攻成功不一樣好嗎？感覺更像是……怎麼說？就好像在暴露出自己脆弱的部分……

「各位同學也都想聽，對吧？」

「想聽！」

「想聽～！」

被小結子與小月月充滿期待地看著，我知道自己無處可逃了。

嘆了一口氣後，我不情願地回想起，差不多一年前的那件事。

「……記得應該是體育祭的時候吧——」

亞霜愛沙◆我的全力

我想得到別人的注意。

我是在小學生的時候，發現自己有著這樣的欲求。

當時我正在學習成果發表會上表演話劇。如同大家所見，長得還不錯是我這個女生的唯一優點，所以那時班上當然也要我演主角。

在體育館的舞台上，我化身為故事女主角，被班上同學大力稱讚，獲得同學家長的喝采……然後到了第二天，當我回到一成不變的日常生活時，我不禁這麼想：

還不夠。

知道了成為眾人矚目焦點的喜悅，失去那些目光讓我變得飢渴難耐。

——大家為什麼不肯多看我幾眼？直到昨天為止，大家明明都那麼關心我！

這時候，對，假如我加入劇團，或是用其他方式認真走上演員的道路，或許就是追夢少女的美麗起源故事了。可是，我沒有那種行動力，也沒有那份熱情。我只是懷抱著模糊的不滿足感，繼續度過每一天。

上了國中，我也寫過詩或是化過搞怪妝，總之把國中生會有的怪異行徑全跑了一遍，但還是沒有直接做出什麼行動——如果我擁有某種才華，當時或許會上傳自製影片或是用其他方式，替這份欲求找到一個出口。但我終究沒能付諸行動，大概那就是我的極限了吧。

我就是這副德性，所以上了高中，還是只敢找看起來文靜的男生逗著玩。

我到現在還是不明白，那個學長怎麼會跟學生會推薦我這個人選？跟我同屆的可是那個女生耶。紅鈴理耶。不管怎麼比較，我都不像她那樣天賦異稟。在學生會裡，不管怎麼想，我都只是紅鈴理身旁的配角。

所以——或許是因為這樣吧，我才會覺得糾纏阿丈很好玩。

阿丈本身並不會做出什麼好玩的反應。好玩的是鈴理理。那個天才少女、領袖魅力的集合體，一看到我纏著阿丈就會氣呼呼地跑來算帳。這讓我覺得好玩得不得了。一想到這個活像全世界女主角的女生滿腦子都是我的事情，就讓我開心雀躍到不行。

啊，我沒有要跟她搞百合的意思喔。這點要先說清楚。

我那是……對，就跟在名人的粉專留言騷擾是一樣的。那種讓一個大人物被自己占用少許時間，所帶來的滿足感。說穿了就是用別人的成就掩飾自我的渺小，最下等的自我安慰行為。

而我的這種渺小……

不知何時——竟被他看穿了。

——亞霜。妳如果要做，就認真做。

記得那時候，我應該是剛剛完成體育祭大致上的節目表。

順利處理好第一場重大活動，我帶著滿滿的成就感跟大家解散，正準備回家時，學長對我說了這句話。

我以為他是在挑我學生會工作的毛病，有點不高興地回嘴：

──……我認為我有把工作做好。

──對，妳做事很精明。什麼事情都能處理得漂漂亮亮。除了妳糾纏紅的方式以外。

我心裡一驚。感覺內心深處，像是冷不防地被他刺穿了。

然後，我就像是要保護自己一樣，心裡忽然升起一把無名火。

──是她來找我吵架耶？為什麼是我被念？

你又懂什麼了？

這時候的我是真心這麼想。你明明什麼都不懂，明明從來沒在注意我。總是在那邊閒閒沒事幹，從來不跟我講話──少講得一副什麼都懂的樣子。

這時候的學長，做任何事都能掌握訣竅，好像沒什麼事能難得倒他。自從他把鈴理理拉進學生會之後就更是如此。他跟紅鈴理是同一個世界的人。我以為他絕不可能了解我這種小人物的心情。

沒想到……

──用膚淺手段換來的視線，也就只有那點價值。

每個字都重擊我的內心。

——妳這樣就滿意了？真的無所謂的話，就把我這些錯得離譜的說教忘了吧。

他所講的每一句話，都好像看見了我的致命要害。

——……我先走了。

我逃走了。因為說中痛處的真話刺傷了我的心靈，害得我差點沒哭出來。僅剩的尊嚴只能阻止我用眼淚掩飾自己的弱小，弄得我當場倉皇而逃。

氣死我了，氣死我了，氣死我了！

把眼淚吞回去後，我滿腦子都是氣急敗壞的情緒。他憑什麼跟我講那些？只因為是會長或學長，就有權力教訓人嗎？平常又沒跟我講過幾句話，怎麼可以那樣高高在上地訓我！

要做就認真做？我已經很認真了！不然我幹嘛這麼努力健身維持身材啊！幹嘛塞這麼多胸墊啊！我做任何事都從來沒有混水摸魚！你一個處男又懂女生的什麼了！

——姊～！吃飯了～！

一回神才發現已經天黑了。我回到家，跳到床上，又打又踢地發洩一肚子火氣，竟然就這樣過了好幾個小時。這是怎樣？我都被自己嚇到了。我在腦中不斷地咒罵學長，竟然一罵就是幾小時？

可怕的是，這個狀態到了第二天還是沒完沒了。

我有事沒事就想起學長的那番話搞到自己生氣，在學生會一見到學長，就活像個小姑那樣想從他的每個動作挑毛病。當他偶爾跟我說話時，我嘴上假裝沒事似的回話，腦中卻拿成篇的罵人話把他罵到狗血淋頭。

什麼叫做認真？

最後，我心裡只塞滿這一個疑問。什麼叫做認真？你自己做什麼事都在偷懶，是要我認什麼真？

沒錯，我就是個膽小鬼，只敢招惹比自己弱小的人。可是我如果認真去做這件事，豈不是更惡劣？豈不是欺負弱小欺負得更嚴重？我是故意有所收斂。阿丈也是，他要是真的喜歡上我，跟紅鈴理不就完蛋了？所以——

所以。

我如果要認真。

就該對輩分比我大的——身分比我高的……

例如……我本來有點怕的高大男生，例如學長。

——學～長！你在幹嘛呀？

是你要我認真的。是你要我使出全力的。

那就讓你見識一下，愛沙的全力。

我想得到別人的注意。

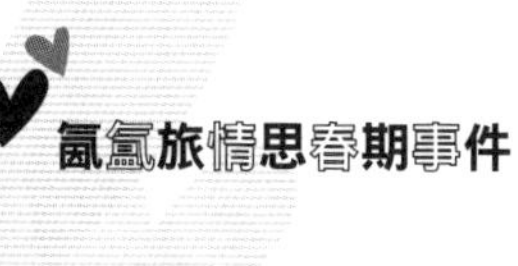

本來不過是如此單純的欲求。
但是——現在，不再是誰都可以。
你，就是你，我的學長。
我希望你能看著我。
我要你看著我。
這就是我的全力。

羽場丈兒◆傻瓜

「啊？我的戀愛史？」
吃過飯後，大家用川波同學帶來的遊戲機，正在悠哉地玩電動玩到一半。
川波同學一邊在畫面上一次買下多個物件，一邊聊起這個話題。
「對啊。星哥看起來一副就是不缺桃花運的樣子，很好奇你有沒有交過女朋友。」
「怎麼不問我現在有沒有？」
「有的話應該會更堅定立場拒絕亞霜學姊吧～」

我行事低調地走到藍色格子增加手上的現金，心裡卻暗呼不妙。

星邊學長的戀愛史。

由於亞霜學姊現在那樣表態，學生會成員都不太聊這個話題。至少自從學長當上學生會長之後，我沒聽說過什麼緋聞——只有謠言懷疑過學長可能跟前任庶務前輩是一對——但是更早之前的經歷則不在此限。

據說學長還有在玩社團的時候，才一年級就已經被稱為王牌選手。

再加上個頭這麼高，照常理來想不可能沒有桃花運。

「女朋友啊……」

星邊學長一邊毫無反應地遭受貧乏神的攻擊，一邊說：

「國中時期交過一個。不過秒分手就是了。」

「是喔～！」

川波同學興味盎然地叫道。

至於同樣念一年級的伊理戶水斗，則是迅速解決自己的回合後就又拿起了文庫本。明明是第一次玩這款遊戲卻瞬間掌握訣竅，現在都是這副調調。

「是什麼樣的女生啊？誰先告白？」

「就只是個普通的女生啦。沒有特別正也沒有特別醜，就很普通。是她跟我告白，說很喜歡看我玩社團，但是後來……」

「後來？」

「我只顧著玩社團，就被她甩了。」

川波同學變得一臉困惑。

「這是笑點嗎？」

「你笑吧，沒關係。是不是很像個幽默的笑話？」

「不過，女生有時候真的會這樣耶——應該說嘴上說的跟心裡想要的完全不一樣嗎……有時候會讓我覺得，妳以為我會心電感應啊！」

「是有一點。照常理想也知道，我如果專注在社團活動上，放學後當然沒辦法跟她出去玩啦。難道她以為我一開始跟她交往就會多出一堆時間嗎？」

「不光是女生，有些人就是沒想清楚。應該說缺乏想像力嗎……那個前女友後來怎麼樣了？」

「那傢伙本來是自己跑來參觀社團活動的觀眾之一，但分手後就沒露臉了。不知道是覺得尷尬，還是對我幻滅了……」

「如果是對學長幻滅了，那她真的都只想到自己呢——」

我自然而然地，想像起那個不知道長相與姓名的女生。每天努力練社團的帥氣英雄。

不是電視明星或網紅，是更貼近生活的偶像。雖然是崇拜的對象，但試試看說不定可以搆得到。她受到那種可能性吸引而鼓起勇氣——然後，沒想到這麼容易就搆到了……

可是。

自己的立場還是沒變。

「——真傻。竟以為自己可以走出背景。」

我忍不住喃喃自語。

因為那個女生的愚蠢與可悲，讓我保持不了內心平靜。

「每個人都有自己的本分。一旦搞錯分寸超出那個本分，只會落得被迫面對自己不夠格的現實……」

我幾乎是在自言自語，沒人聽見也無所謂。不，應該說我講這些話，也許根本就沒打算讓別人聽見。

然而，星邊學長卻……

「……是啦，你沒說錯。」

就好像細細回憶那段往事一樣……

「但是……在那段時期，有好幾個女生遠遠看著我尖叫……實際上跟我表白的，卻只有她一個。」

說出了語調平板，但也因此顯得毫無虛偽的一番話。

「我覺得，她是真的很勇敢。」

……的確，或許是這樣沒錯。

不像我，是個連傻瓜都當不成的蠢蛋。

羽場丈兒◆即使無法置信

〈晚上十點，地下一樓自動販賣機前見。〉

按照單方面傳來的訊息，我發揮天生的薄弱存在感，偷偷溜出男生的房間。

說到旅館的地下室就是遊戲區，但可能因為夜深了，只有機體發出微光，感覺不到他人的存在。

除了唯一一人——佇立於旁邊自動販賣機前面的兔女郎以外。

「————」

嗄？

兔女郎……嗯。當下我以為我看錯了，但無論怎麼看都是兔女郎。更進一步來說，那副被自動販賣機的燈光照亮的容顏，是我相當熟悉的人物。

紅同學……

就是把我叫出來的她本人。人稱創校以來的第一天才，深受全校學生景仰的天生領袖學生會長，不知道為什麼，穿著遊走尺度邊緣的兔女郎裝站在那裡。

更糟的是，偏偏還是背影。從正面看就已經不知道該看哪裡了，背影更是有著挖空露出的白皙背部，服裝陷進臀肉，不管看哪裡視線都會充滿邪念。

紅同學個頭嬌小，胸圍也普通，但屁股有點大。

大概只有三不五時就被她色誘的我，才會知道這件事。可能是骨架造就的，她身材嬌小卻屬於安產型，所以身體曲線看起來也很有女人味。

而這個紅同學竟然穿起了兔女郎裝……略為卡肉的服裝與黑色褲襪，將美妙的臀線妝點得更加煽情，甚至讓我希望她就這樣繼續背對著我——

「——————！」

我冷不防地與紅同學對上目光，心臟漏了一拍。

被……被發現了？發現我遠遠望著她的背部與臀部……？

我霎時覺得羞於見人，巴不得能立刻逃之夭夭。可是，紅同學一定打從一開始就看穿了我的心思，轉頭越過肩膀看著我說：

「阿丈，你站在那裡做什麼？快點——到小生身邊來啊。」

她很清楚。紅同學她，果然清楚得很。她早就看透了我這份無藥可救、不道德的邪惡情慾。

我認命地走向紅同學。越是靠近她，紅同學背部的白皙肌膚就越是耀眼，使我只能把頭別開，無從掩飾窘態。

紅同學吃吃笑著。

「哎喲，你在看哪裡啊？那邊應該沒什麼東西好看的吧。」

「……對不起。」

「真不知道你在為了什麼道歉。」

紅同學一邊這麼說，一邊按下自動販賣機的按鈕，「嘿咻」一聲彎腰去拿掉在出貨口的東西。而且是讓臀部翹起來對著我。

那誘惑力太強了。無論我如何告訴自己不要去看，她那如釣餌般搖晃的臀部，仍硬是吸引著我的視線。彷彿擠出服裝外的渾圓輪廓，以及隔著褲襪若隱若現的膚色，這些部位就近一看，都不由分說地喚醒我的獸性。

不行。

搞清楚自己的分寸。

我幾乎是揮拳毆打般地壓抑住心中即將甦醒的禽獸，這時紅同學終於直起身子，整個人轉向了我。

「看來……有讓你滿意了吧？」

從正面欣賞紅同學的兔女郎裝扮，又另有一番破壞力。如束腰般緊貼身體的服裝，毫無掩飾地向我展現她的小蠻腰與雙峰大小。而且可能是尺寸不夠合身，覆蓋胸部的部位似乎跟肌膚之間稍留了點距離。

「……妳怎麼穿成這樣啊……」

「大家在玩懲罰遊戲，規定贏家可以讓輸家穿ＣＯＳ服。小生穿的就是這件，後來嫌換衣服麻煩就直接穿來了。」

「……別騙我了。我現在才發現，妳把浴衣脫了放在那邊的長椅上。妳應該是把那件浴衣穿在兔女郎裝外面過來的吧？」

「呵呵，你果然厲害。眼光真敏銳。」

紅同學輕輕搖晃頭上的兔子長耳朵走向長椅，撿起了脫掉的浴衣。

「總之先坐下吧。站著說話太累了。」

看來她只是撿起來，沒有打算穿。

我乖乖坐到長椅上，紅同學說「給你」給了我一罐剛才買的飲料。同時，還不忘強調胸前春光。由於胸部跟布料之間有點空間，我很怕看到裡面走光，幸好她似乎早就拿捏好分寸了。

紅同學坐到我旁邊，兩手拿著罐裝飲料當成暖暖包滾來滾去，說：

「小生試穿這件服裝之後，得到部分女生的高度讚賞。據她們的說法是『屁股很養眼』。」

是誰啊？這麼多嘴。一定是亞霜同學。

「小生一聽有如醍醐灌頂，這才知道女性的武器並不光只有胸部。於是事不宜遲，立刻一試——」

紅同學先是對我拋了個媚眼，接著用像是突襲意識空檔的迅速動作抓住我的肩膀，嘴巴湊到我的耳邊來。

「（——是不是很想讓小生幫你生一個了？）」

見我頓時繃緊了臉，紅同學離開我身邊，吃吃地笑了。

我無法忍住不嘆氣。

「……妳為什麼就只有在我面前，會變得這麼沒品啊……」

「無論是多麼清純的女孩，在迷戀的男生面前多少都會變得有點沒品。再說，像小生這樣成績優秀的女生講淫蕩話很讓人興奮對吧？參考資料上有寫。」

「我已經說過很多次，請妳把那個參考資料扔掉。」

就是因為寫得都很對才更讓我頭痛。

「啊，還有一點，想讓小生懷孕請至少等到高中畢業再說。不過，『事前練習』的話要做幾次都可以喔。」

「不是只有女生才會討厭黃腔。」

「如果是平常，小生會聽取建言，但今天不管你怎麼警告小生都沒用。」

紅同學發出捉弄般的輕輕笑聲，然後用手指勾住兔女郎裝的胸口部位。

「不知道有多久，沒感覺到那麼火熱的視線了……自己飢渴發情成那樣，卻要小生一個人當淑女，不覺得有欠公允嗎？」

「……唔……」

我接不下去了。只有今天，我面對紅同學只能甘拜下風。

彷彿想煽動我的情緒，紅同學拉動幾下胸前的布料說：

「順便說一下，這件服裝的材質意外地硬，不會讓胸部部位一拉就掉。要不要試試？」

「……不用了……」

「真是嘴硬，明明從剛才到現在都盯著服裝與胸部之間的空隙不放。不用怕機會難得死盯著瞧，現在你想看多久都行喔。來嘛來嘛。」

紅同學開始得寸進尺，一邊稍微拉動胸前的服裝一邊挺出上半身。我為了從她面前逃開，把身體往旁邊歪倒。

但我這麼做，最後也面臨了極限。

我變得整個人躺倒在長椅上，紅同學則是往我身上壓過來。變成這種姿勢，一般來說對方應該會暫時讓開，紅同學卻用膝蓋夾住我的腰，名符其實地壓制住我。

我仰望著面帶淺笑的紅同學說：

「紅同學……請妳讓開。」

「小生偏不要。」

紅同學的臀部，落在我的下腹部上。「嗯呼！」聽我發出慘叫，紅同學開心地嗤嗤笑了起來。

「小生已經決定今天不放你走了。除非你承認你對小生有性趣，否則你別想走。」

「……這樣做有什麼好玩的？知道我在用那種眼光看妳，只會讓妳覺得噁心吧。」

「要是其他男人是很噁心沒錯。但如果是你，小生會很高興。」

「為什麼？那樣我豈不成了覬覦妳身體的爛人？」

「這是因為……你總是躲在一旁觀察別人，對自己的事卻避而不談。」

「………………」

「不管是什麼樣的事情，只要你願意說出任何自己的事情，小生都會非常高興。會讓小生覺得……小生終於，跟你來到同一個地方了。」

……那是妳的錯覺。

妳跟我，活在不同的世界。

就算真的不是錯覺——

——像妳這樣的人，也絕對不可以，來到我所身處的背景。

「阿丈，跟你說。」

紅同學把手掌貼在我的臉頰上，用拇指摸了摸太陽穴的位置。

「你或許以為小生無所不能……但小生有些時候，也是必須付出努力的。」

「……………………」

「就像現在，小生正在努力壓抑害羞的心情。光是維持現在這個姿勢，都讓小生的臉快要燒起來了。現在也是，一邊講一邊後悔不該說出來。」

少騙我了。神情與聲調這麼平靜，還好意思講。

……可是，我早已知道，妳不是會撒那種謊的人。

「每次小生說喜歡你，都是需要鼓起勇氣的。阿丈，也許你看不出來，但小生一直都是認真的。所以，你不覺得——偶爾給小生一點回應，也不過分嗎？」

——我覺得，她是真的很勇敢。

星邊學長剛剛才說過的話，閃過我的腦海。學長雖然對前女友的言行略有微詞，但唯一只對她的勇氣表示敬意。他對那個女生一定沒有多大感情，卻還是跟她交往了一段時間，我想應該就是出於這份敬意。

到目前為止，我已經閃躲了紅同學的這種攻勢好幾次。因為，我不夠資格。我沒資格站在這種沐浴在耀眼的舞台燈光下，像主角一樣的人身邊。所以，我不希望這種一時的迷惘，這種像是開玩笑一般的事情，讓她受到傷害。我抱持著這一個念頭，拒絕了她的所有承諾。

可是，也許我的這種行為，是在一腳踹開她的勇氣。

也許我並不想傷害紅同學，實際上卻一直在傷害她。

……不，其實我早就知道了。她不可能只為了好玩，就一次次地這樣追求我。

可是，我就是不敢相信。

以往我都是隻身一人，成了常態。以往我總是被人忽略，成了常態。以往我從來沒能進入任何人的視野，這就是常態。

可是——如今，第一次有人正視我的存在。

而且是如此美麗的她——這要我怎麼相信？

「……紅同學，我——」

我還是無法置信。

可是——如果妳說，妳拿出了勇氣。

那麼我當然也該拿出勇氣，才說得過去。

「——妳，讓我……很興奮。」

紅同學把她那雙大眼睛，睜得更大了。

看到她的表情，我的腦袋幾乎快要爆炸。一秒就後悔了。真不該說出口的，好想馬上消失不見。紅同學卻不肯放我走。

「……呵，呵呵。」

她噗嗤一聲小聲地笑起來，晃動著肩膀。

然後，她用雙手扣住我的臉，讓我無法逃走，湊過來看我的眼睛。

「對哪裡？」

「……什麼？」

「你對小生的哪裡興奮了？」

「……非說不可嗎？」

「非說不可……你不說，就不讓你走。」

真想拜託她放過我。我差點沒哭出來，但我實在不覺得自己能逃出紅同學的手掌心。

「這個……背部皮膚很白。像是肩胛骨，還有肩膀的輪廓之類，平常看不到的部分……」

「嗯。還有呢？」

「臀……臀部，那個……衣服，陷進去的部分，之類……」

「嗯。還有呢？」

「胸部……幾、幾乎快要……看見……」

「還有呢？」

每問一個問題，紅同學就更把身體貼過來。在我的胸膛把柔軟的肉團壓扁變形，對著我的脖子呼出輕柔的氣息。一股不知從哪裡飄出的甜蜜香氣滲入腦髓，使我的大腦一陣酥麻。

所以，我實在沒有辦法……

一種比起言詞，比起態度，更無須爭辯的證據就——

「……啊？」

紅同學忍不住發出含有困惑與驚訝的低呼，回頭望向自己的臀部那邊。

她注意到那裡碰到的觸感了。

「這是……」

「對……對不起……」

我實在沒有辦法。維持著這種姿勢，能掩飾的部位也掩飾不了。

我眼睜睜看著紅同學的臉變得越來越紅。

她渾身開始簌簌發抖，脖頸滲出像是發自情緒反應的冷汗。

「阿、阿丈……那個……」

「什、什麼事……？」

「……今天的勇氣……恐怕，已經告罄了……」

咦？

我還在大感困惑時，紅同學已經迅速從我身上下來，把自己的浴衣抱到了胸前。

「真、真的很對不起！小生走了！」

然後，就像一陣疾風般跑掉了。

我在長椅上，半坐半躺地目送她跑遠……被甜蜜麻痺感的殘渣占據的腦袋，想到的是：

……好可愛。

羞紅了臉的紅同學，可愛到光是回想起來，都讓我快要失去自制力。

紅鈴理◆失敗追究委員會

小生迅速穿好浴衣回到女生房間時，室內只剩下蘭同學一個人。

「啊，會長，妳回來了。妳去哪裡了？」

「去買個飲料。」

小生一邊平靜地回答，一邊走向窗邊的寬廊。

在窗前擺成相對位置的其中一把椅子上坐下，喝了一口剛才買了之後連拉環都還沒拉的罐裝飲料……

——本來都快成功了～～～！

在心中抱頭大叫。

剛才絕對就快成功了！已經是那種氣氛了！都怪小生臨陣脫逃！不、不是啊，因為真的嚇到了嘛！雖然知識上知道！可是他竟然……那個變得有史以來第一可愛的阿丈，竟然忽、忽然，變那樣……！嗚啊啊啊啊啊！

小生也真是！碰到其他事情大多都不會緊張，為什麼偏偏就在那時候！白費小生裝了半天從容，那樣根本就是個黃花大閨女嘛！

本來都要成功了……就差一步了啊……雖然地點有點那個……不，沒錯，雖然沒有外人在，但是在公共場所還是不太恰當……有點那個……對，小生只是作為一個有良知的人，對

場所有所選擇罷了，嗯……可是就差一步了啊……

今天還是早點睡覺吧……本來想直接倒到被窩裡的，但穿在浴衣底下沒脫的兔女郎裝妨礙了這個念頭。

……下次要穿什麼好呢？

小生一邊想著這種事情，一邊伸手去拉背後的拉鍊。

伊理戶水斗◆一旦栓子被拔掉

「……嗯？」

在男生房間打電動打到一個段落後，我在旅館內到處走動尋找適合讀書的場所，結果碰到了熟面孔。

「啊，水斗同學。」

「…………」

伊佐奈與結女就坐在安靜優雅的交誼廳的沙發上。伊佐奈從放在大腿上的平板電腦抬起頭來看我，但結女一看到我，便略顯尷尬地別開了目光。

「你怎麼啦？是不是被男生房間排擠了？」

「……並沒有。自然而然就變成各自自由行動了。」

結女的神色讓我很在意，但先跟伊佐奈講完話再說。

「妳們呢？」

「我們也是～旅館裡好像有很多設施，所以我跟結女同學出來參觀一下。我正在拿白天畫的畫還有拍好的照片給她看。」

「是喔。」

已經畫到可以拿給別人看了？我好奇地靠近，正想探頭看看伊佐奈的平板電腦時……

「啊……我、我去一下洗手間！」

簡直好像被我彈開似的，結女站了起來，一溜煙遠遠跑走。而且跟洗手間是反方向。

……我想起在足湯發生的事。

現在回想起來，我不懂那段時間具有什麼意義，只覺得恍如一場白日夢。

就像是為了一時感情衝動，跨越了至今冷靜守住的界線，一種宛如罪惡感的鬱悶感受，仍然留在我的心中……

「水斗同學，請坐～」

「……好。」

我暫且甩開這種鬱悶感受，坐到結女剛才坐過的位子，也就是伊佐奈的旁邊。椅墊上還有結女的些許體溫，讓我一瞬間不敢把體重壓上去。

「異人館真的好好逛喔——比方說你看這個構圖，是不是很有感覺？」

伊佐奈絲毫沒察覺我的煩惱，把肩膀靠過來跟我貼在一塊，拿平板電腦的畫面給我看。

……不妙。不知道為什麼，今天好像就是那種日子。

輕撫脖頸的亮麗秀髮、白皙纖細的頸子，還有浴衣衣襟底下若隱若現的胸口，都比平時更令我難以忽視。難道是旅行這種非日常體驗使我變得如此——不，一定是在足湯經歷的那段時光，拔掉了我的理性栓子。

伊佐奈對此一無所知。所以，她就跟平常一樣，把身體貼上來跟我鬧著玩。那身體完全不同於男性，輕盈又柔軟。在耳邊用呢喃聲搔動我的耳垂。

「可是想畫下來就覺得好難喔——完全不知道每件物品怎麼會在它們的位置上。也許還是應該學習一下相關知識比較好？好麻煩喔……」

「……有需要的時候再學就行了吧？如果一開始就要查資料，我覺得以妳的個性很快就會膩了。」

我把火苗悶燒般的情感硬是推到一邊，同時盡量保持平常心跟她說話。

不要緊，這就是我們平常的距離感。沒有任何不對……

就在我勉強鎮住不知從何處逐漸升起的熱量時，狀況來了。

伊佐奈忽然開始用手掌，在我的肩膀還有胸膛上又拍又摸。

「喂……妳、妳幹嘛啊？」

我壓抑著動搖的心情一問，「咿嘿嘿～」伊佐奈開心地笑著，說：

「還是跟水斗同學在一起最安心～」

說完，她用雙手包住我的臉頰，把它往內擠。

水嫩有彈性的手掌心，就像上了黏膠，緊密地吸住我的皮膚。

「身邊都是不熟的人，讓我有點小緊張。請讓我趁現在恢復一下體力。」

「……別把人講得像是存檔點一樣。」

「真要說的話，比較像是重生點吧。」

……意思是說，最終還是會回到我這邊嗎？

伊佐奈把我的臉頰肉捏來捏去。我很想把她推開，但覺得現在不管碰到她身上哪裡都很不妙，使我無法動彈。

「唔唔？」

看到我這樣，伊佐奈微微偏頭。

「水斗同學這次怎麼都不抵抗呢？小心我親你喔。」

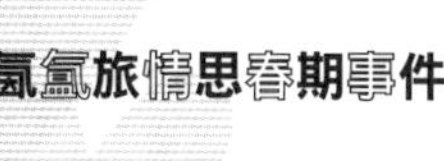

「拜託不要……只是因為浴衣布料比較薄，不太好意思碰妳而已……」

「咦～？我都這樣對水斗同學上下其手了，你也可以碰我沒關係唷？」

沒關係才怪！先看清楚妳掛在胸前的那兩團東西再來跟我講這些！

「嗯～……？」

伊佐奈狐疑地皺起眉頭，把臉湊向我。我別過臉想躲開，無奈臉頰被她夾住，可動範圍有限。

「今天的水斗同學……怎麼好像有點可愛？」

「妳、妳說啥？」

「應該說刺激人的嗜虐心……還是感覺逗弄起來很好玩……？」

喂，等等。這傢伙是不是在動什麼歪腦筋啊！

「嘿！」

伊佐奈用雙臂纏住我的脖子，撲過來抱住了我！

感覺有兩大團軟呼呼的東西，在我的胸前整個壓扁。我發現那種類似水球的觸感，在沒隔著多少護牆的狀態下直接傳達過來，一道閃光在腦中啪滋啪滋地奔竄。這傢伙沒穿胸罩！

「（你身體是不是變得很僵硬啊？）」

呢喃聲偷偷鑽進我的耳朵。

「（該不會是現在才對我的胸部有感覺了吧？竟然連水斗同學的理性冰山都能溶化……這就是有馬溫泉的神力！）」

伊佐奈覺得很好玩，硬把胸部往我身上又搓又按。它那無論如何壓扁都能恢復原狀的彈力，嚇得我差點沒翻白眼。

「（欸嘿嘿，這種機會可不是常有的呢。作為紀念，就讓你再多緊張害羞一下吧！我搓我搓～）」

「不要，快住手……！～～～！」

我平常毫無反應，伊佐奈也沒說什麼，但心裡或許其實很介意吧，竟然趁這個機會不斷做出報復行為。

明日葉院蘭◆那怎麼可能

「～～～～！」

我躲在走廊轉角處，除了渾身發抖之外什麼都辦不到。

在一分鐘前，我在沒有別人的交誼廳看見了眼熟的面孔。當我發現對方是伊理戶水斗與

東頭同學時，令人作嘔的行為已經開始了。

如、如果只是肩膀湊在一塊還好，但他們竟然……！像、像那樣又是摸臉，又是臉貼臉，還摟摟抱抱……！就算說沒有外人在，這裡可是公共場所耶！

看伊理戶水斗與東頭同學平常的相處方式，我就知道他們關係不單純。不管兩個當事人如何矢口否認，以那種距離感相處的一對男女不可能只是朋友。

東頭同學看起來很乖，所以我本來還漫不經心地想像，一定是伊理戶水斗追求她……可是，在交誼廳裡發生的場面，反而是東頭同學比較主動……

我、我早就覺得不對勁了！泡溫泉的時候也很奇怪，一直看著我的胸部！可是，沒想到她長得那麼文靜乖巧，竟然會是那麼放蕩的女生……！我竟然還一時想過也許能跟她分享對體型的煩惱，真是蠢到家了！

……原來，所謂的情侶就是像他們那樣啊。不只是身體貼近。就好像去除了所有顧慮與猶豫，兩顆心互相交融一樣……

這時我才發現，我好像是第一次這樣近距離觀察情侶。雖然走在路上也會看到情侶，但那終究是顧慮到他人眼光的表面工夫。沒有別人在看的時候，情侶相處起來原來就是像那樣……

……我並不羨慕，也並不嚮往。就像看到籠子裡的動物只會覺得稀奇，但並不會希望自己也變成那樣。

只是，我有一個疑問。

伊理戶水斗如果沒把時間花在這種事上面，要拿第一名應該不難吧？

如同第一學期的期中考那樣，只要把花在東頭同學身上的心思稍微拿回來用功，應該可以勝過伊理戶同學拿第一名吧？

……我很想當第一名。只當一次還不夠，我想永遠都拿第一。

而所謂的男女朋友，真的那麼有魅力，能讓人捨得拋棄名次嗎……

……我不懂。

我無法理解。

那麼伊理戶同學、亞霜學姊……或是紅會長，她們懂嗎？

「……………………」

不，不可能。

像紅會長那樣的人，那位無人能及的人物，怎麼可能會像那樣，對男生做出那種智商降低的事情嘛。

川波小暮◆樂園放逐

「唷喝——！我來找你玩嘍……奇怪？」

我躺在棉被上看手機時，穿浴衣的曉月忽地從門口探頭進來，往室內東張西望。

「川波，就你一個啊？其他人呢——？」

「自由行動。沒辦法，我們這邊基本上獨行俠居多嘛。」

星哥也是，跟大家在一起的時候是很合群，但本身性格應該屬於喜歡獨處的類型吧。伊理戶與羽場學長就更不用說了。

不過嘛，會像這樣變成解散狀態，我看不見得只是性格的關係吧？

我繼續躺著仰望曉月，說：

「妳不也是一個人嗎？女生是不是也解散了？」

「算是啦——現在應該在各自加油吧？」

「嘻嘻嘻。我想也是。」

我們這邊之所以慢慢變成各自解散，是因為發現羽場學長不知何時跑不見了。白天在星巴克，我已經目睹到學生會長對羽場學長講了某些悄悄話，所以一定是被會長叫出去了吧。

誰知道他們現在到哪裡去調情了？

「好嗯，自己在那裡偷笑。」

曉月站到我的枕頭邊，低頭看我的眼神就像看到垃圾。

我看著曉月的浴衣下襬在眼前晃動，說：

「內褲被我看到了。」

「你最好是看得到。我根本沒穿。」

「……真的假的？」

「騙你的——♪有期待一下嗎？」

曉月湊過來看我的臉，笑嘻嘻地說。我頓時一陣惱火。

「期待個頭。我只是以為有個不穿內褲的女妖怪公然四處晃蕩，差點沒嚇死而已。」

「不用擔心，看不出來的啦，衣襬這麼長。而且這樣不會透出內褲痕，反而很好啊。」

「……喂，給我等一下。妳有穿吧？」

「要檢查嗎——？」

曉月掀起浴衣下襬，露出一點白皙大腿故意激我。雖然我早就不會為了她的這點舉動驚慌失措，但覺得繼續扯下去會越陷越深，於是決定不予置評。

曉月一屁股在我的腦袋旁邊坐下，說：

「怎麼樣？神戶旅行好玩嗎？」

「超好玩的。沒想到可以這樣近距離欣賞學生會的戀愛場面。」

「你可得感謝我喔——因為是我找你來的。」

「是是是，好啦。」

接著有一段時間，我只是繼續滑手機。

「……我說啊。你真的只要看別人談戀愛就開心了？」

「幹嘛忽然問這個？不是講過好幾遍了？」

「只是想說，你看了都不會羨慕嗎？」

「不會啦。我已經受夠自己談戀愛了。這妳應該比誰都清楚吧。」

「是啦……好吧，只要你覺得無所謂，或許是沒差。」

「…………？」

我覺得很奇怪，再次仰望曉月的臉。

感覺她那像國中生一樣稚嫩的臉，彷彿浮現出一絲憂愁。

「……喂。妳今天怎麼怪怪的啊？」

我從白天就一直覺得不對勁了。她顯得有點反常——我說不上來，但就是有哪裡不太一樣。就像小石頭跑進鞋子裡一樣，讓人感覺不是很舒服。

「沒什麼啦。」

曉月一臉平靜地說道。

「大概有點像是被蛇唆使，忍不住吃了蘋果吧。」

「……妳講話這樣故作聰明很怪耶。」

「要你管。我偶爾也想要耍帥嘛！」

被蛇唆使，忍不住吃了蘋果啊。記得好像是《聖經》的故事？亞當與夏娃吃了善惡知識樹的果子，被逐出樂園——

——善惡的知識，是吧？

「現在才知道要學點常識啊。要是再早個十年，我也不用這麼辛苦啦。」

「——就是說啊。」

隨便開句玩笑卻得到意外沉重的回應，我一下子變得不知所措。

曉月抱住雙膝縮成一團，把臉放在上面，看著我說：

「欸，川波。你再找個女朋友嘛。」

「……嗄？」

我腦袋跟不上狀況，只能連連眨眼。

曉月臉上失去一切情感，皮笑肉不笑地說：

「總覺得啊，我一直沒辦法讓事情結束。無論是要跟你繼續做朋友，還是要絕交，如果就這樣維持現狀，拖拖拉拉地把問題擺著不解決，以後一定會弄到無法挽救的。所以，你認真交個女朋友嘛。」

「……那妳去交個男朋友不就得了？」

「上次是你來攪局耶。虧我還跟伊理戶同學求婚了的說。」

「啊——……」

對喔，是有過這麼一件事。

「我是叫妳去找個完全單身的！我也不計較了，愛找男的還是女的都行啦！」

「可能沒辦法喔——我不覺得能找到比結女更讓我喜歡的女生。」

「……既然這樣，又何必勉強找什麼對象？」

沒辦法讓事情結束，又怎麼樣？

問題擺著不解決又有什麼不對？

沒錯，有很多問題被我置之不理。我的體質一直沒治好，我沒跟老爸他們說過我們過去的關係，這傢伙又老是愛惹我當好玩。

可是，這樣又有什麼不好？又不會死人。沒有人會像玩電動那樣，把一輩子遇到的所有任務全部解完。就算解完了，也拿不到半點金錢或經驗值。

解不解決都沒關係。

問題暫時不處理沒關係。沒辦法讓事情結束也沒關係。我能維持現狀就很高興了。雖然妳說以後一定會弄到無法挽救，但我想不到有什麼事讓我想挽救。

——這樣子，有什麼不行？

「——這樣子，是不行的。」

曉月明確地說了。

這樣下去是不行的，她說。

我們不能維持現狀下去，她說。

「如果我是個正常的女朋友，你就不會變成這種體質了。這是我搞出來的負遺產。今後有任何人喜歡上你，都得被迫背負我搞出來的這個包袱。那樣……我沒辦法接受。我沒辦法若無其事地跟你相處，也沒辦法用笑容跟那個喜歡你的女生說話。就算這樣，你還是覺得可以維持現狀嗎？」

——只要我這個體質沒治好，我就會永遠讓某人心碎。

我無法一句話說她想太多。我沒遲鈍到那種地步。今後可能還會再出現幾個人，願意喜歡這樣的我。

而我，將會拒絕她們所有人。

只因為曉月留給我的這個傷痕。

「你或許會覺得無所謂，或許有辦法跟這個體質和諧相處，退一步找到其他享受人生的方法，然後覺得這樣也行。但喜歡上你的女生要怎麼辦？我犯的錯害她毫無道理地被甩。我這個罪魁禍首，卻作為青梅竹馬悠哉游哉地待在你身邊——這樣哪裡說得過去啊？」

「……或許吧。」

曉月說的，也許是對的。

也許，我一直都只有想到自己。

也許我——就是少了善惡的知識。

「——我決定了。」

曉月輕聲低喃後，忽然過來跨坐在我的肚子上。

「妳、妳幹嘛啊？」

「本來是覺得你不在乎的話就算了，但我現在知道了。有件事情我非做不可。」

曉月按住我的肩膀，一雙大眼睛蘊藏著不苟言笑的光輝——說了：

「小小——我還是跟以前一樣，很喜歡你。」

「嗯嗚……！」

大腦霎時憶起令人作嘔的記憶。我以為我已經接受它了，烙印在身上的傷痕卻無可救藥地喚起精神上的痛楚。令人顫慄發毛的寒意撫過全身上下，反應過度的身體起滿雞皮疙瘩。

被他人的好感引發的——戀愛感情過敏症發作了。

「我幫你治好這個毛病。」

看到我的反應，曉月若無其事地說了。

「到時候如果你還是說不想交女朋友，那也無所謂。可是，只有我造成的這種體質，我一定要把它治好。不會讓任何人代為承擔。」

在身體不適而搖擺不定的視野中，曉月一直面帶笑容。

像是覺得豁然開朗。

像是下定了決心。

露出那種不受動搖、大膽無畏的笑臉。

「我問你喔，小小。」

聲調是那麼的甜蜜，卻不知為何讓我覺得笑裡藏刀。

「——你有聽過暴露療法嗎？」

星邊遠導◆最適合的藉口

上了高中沒多久，我的肩膀就出問題了。

稀鬆平常的上籃。

重複了幾千幾萬次，平淡無奇的投籃。

運球過人之後瞬時變換為投籃姿勢，踏穩腳步，彷彿讓身體浮空般伸手搆向籃板——

伴隨著一陣疼痛，一切事物都顛倒過來了。

籃框變得遠不可及。我連伸手出去都辦不到，只能抬頭看著靜止不動的籃網。在那當下幾秒鐘，我沒察覺到自己的狀況。腦袋跟不上自己肩膀劇痛難忍、只能匍匐於地的事實。

好遠。籃板好遙遠。

以前那麼容易就能搆到的籃板，如今卻變得遙不可及，無法到達。

肩膀一直到夏天才治好。當然，我無法參加大賽。本來就沒有多強的洛樓籃球社，才打到第二場比賽就輸了。

面對只能坐板凳看著隊伍輸球的我，學長們說了：

——你還有明年跟後年。

這是事實。是很恰當的鼓勵。對我這個沒參加到幾次練習的一年級小學弟，學長們給予了溫暖的關懷。

但是。

——好遙遠。

實在太遙遠了。

籃板、籃框、籃網。

一切——都好遙遠。

季節就這樣進入暑假，球隊似乎已開始推動新制進行練習，我卻連體育館都不敢再踏進一步。

醫生說我的肩膀已經痊癒，但它仍在陣陣抽痛。

只要試著抬起肩膀，那天的劇痛就會重回腦海。

我試著走向體育館，但雙腳立刻停止前進。

感覺不管走上幾天或幾年，都再也無法抵達那個曾經熟悉不已的場所。

曾經每天報到的體育館，如今變得就像是遠在他方的異世界。

……要是硬撐，造成肩膀進一步惡化怎麼辦？

萬一甚至影響到日常生活，可能會毀了我的一輩子。真的有必要背負起這種風險，只為了現在繼續打籃球嗎？

好好想想吧。反正本來就只打算認真打到國中。

所以我才會選擇符合自己學力的高中，而非籃球名校。

對啊，沒錯。這是個好機會，就是所謂的告一段落。

我反而應該欣然接受，不是虎頭蛇尾地要退不退，而是趁一年級的時候迎接新階段。除了籃球之外，我還有很多想做的事。

整整蹺掉一星期的社團練習之後，我已經完全建立起了一套冠冕堂皇的藉口。

把挫折……

說成告一段落……

掩飾自己沒有那個毅力追上隊伍水平的事實……

我退社了。

——隨後很快地，就有人來找我加入學生會。

仰望著陌生的木紋天花板幾秒鐘後，我才終於想起自己現在人在旅遊地點。

「……嗯……嗯嗯……」

我慢慢坐起來，一邊用還沒戴隱形眼鏡，有點朦朧的視野環顧房間，一邊等待迷迷糊糊的大腦恢復清晰。

「早安，結女同學。」

英氣凜然的嗓音讓我轉過頭去，只見紅會長就坐在置於窗邊寬廊的椅子上。

儘管還穿著浴衣，但頭髮已經綁好，沒有一點睡亂的痕跡。不知道是不是所謂的早茶，她沐浴在從窗戶射進來的晨曦陽光中，細細品味著紅茶。這種貴族般的舉止，讓會長來做還真是有模有樣。

「會長……早安……」

「妳是第一個起床的。妳平常都起得這麼早嗎？」

「呃……」

看看房間的時鐘，差不多早上七點。

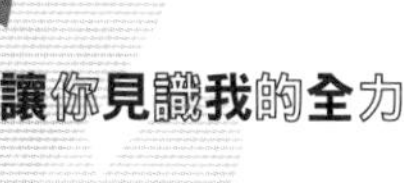

「對……平常都是在這個時間起床。」

「生活有規律是好事。妳要不要也來杯紅茶？」

「啊……好的。那我也喝一點。」

我離開被窩，穿過還在睡夢中的其他女生之間，來到會長坐著的寬廊。移動的過程中，先用手把一頭亂髮稍微梳整齊一點。

當我與會長面對面坐下時，眼前已經擺好了一只熱氣氤氳的茶杯。

「謝謝會長。」

輕啜一口，茶水的溫度在腦中循環，帶來一種大腦迴路逐漸開啟的感覺。

我微微呼出一口氣，暫時把茶杯放下，向坐在面前的會長問道：

「會長大概是在幾點起來的？」

「嗯？差不多五點吧。好久沒睡得這麼熟了。」

她說五點耶。

記得大家應該是在快十二點的時候上床睡覺……也就是說她只睡了五小時？但她看起來一點也不睏。原來她真的是短眠者啊……

相較之下——我重新環顧房間的慘狀。

「……這真的不太好看呢……」

我忍不住要苦笑。因為大家的睡相太誇張了。

值得佩服的是明日葉院同學仍然乖乖窩在棉被裡熟睡（好可愛），但另外三個人就厲害了。

曉月同學整個身體都跑到被窩外面來了，東頭同學浴衣睡亂到胸部差點沒滾落出來，亞霜學姊更是把棉被當成抱枕緊緊抱在懷裡，內褲大方露給大家看。

「這絕對不能讓男生看到……」

「睡不同間是正確的決定吧？」

「是。」

而且這三個睡相差的女生，都沒穿胸罩。曉月同學與亞霜學姊……算是屬於細瘦身材所以還能理解，但東頭同學……不會覺得很難翻身嗎？本人說過平常母親都會強迫她穿，但她其實很不想穿著睡覺。雖然我能體會她的心情就是了。

「結女同學今天有什麼預定計畫？」

突然被這樣一問，「呃……」我猶豫了一下，說：

「記得今天……大家會一起去臨海樂園，對吧？」

「嗯。不過還沒決定怎麼分組就是了。」

會長意味深長地笑了笑。

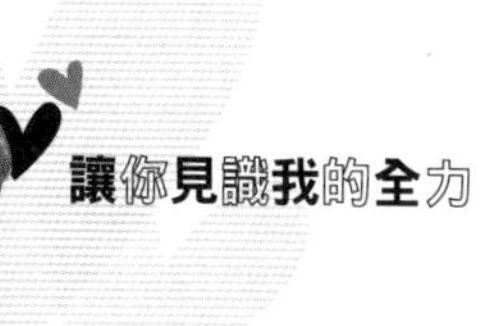

「所以想問妳有沒有想跟誰一起逛？」

「咦……」

她、她果然都知道……？

我是……很想跟水斗一起逛，但那傢伙還得顧著東頭同學……再說，昨天在足湯發生的事……

啊——討厭！明明就只是摸了一下手而已！憑什麼我得覺得自己好像做了什麼很不應該的事啊！害我昨天晚上一時沒多想就逃走了！都怪在那之前，才剛剛在溫泉講到一些敏感話題……！

「……那會長妳呢？」

我帶著掩飾害羞的意味轉移話題。

「會長應該想跟羽場學長兩個人一起逛吧？」

「嗯？啊——……」

……哎喲？

難得看會長講話這樣不清不楚的。我看一定有事！

「既然都聊開了，彼此就不要有所隱瞞了吧？說不定有什麼幫得上忙的地方。」

「……感覺好像在挖小生的糗事，不是很舒服耶。」

「我也會覺得難為情啊，彼此彼此啦！」

就這樣，由先提議的我擔任先攻。

我告訴她昨天泡足湯時，我忍不住用有點邪惡的方式，摸了水斗的手。

「……就這樣？」

不知為何，會長的反應很平淡。

看到會長愣愣地微微偏頭，我也莫名其妙地急著辯解：

「不、不只是摸摸而已喔。該怎麼說呢？就是用指尖滑過他的指縫或是哪裡，好像在挑逗他那樣……！」

「……呵。」

「妳是不是笑了我一下！妳剛才笑了我一下對吧！」

「抱歉，失禮了……只是覺得妳還真可愛……」

怎、怎麼回事？她這麼從容……應該說，這麼高高在上……難道說，她跟羽場學長發生過什麼事了？

「其實是這樣的，昨晚……」

紅會長絲毫不掩飾她的優越感，開始講起她昨晚和羽場學長發生的事。

她說她玩懲罰遊戲被迫穿上兔女郎裝後，就直接跑去見羽場學長——雖然成功挑逗到羽場學長，但什麼都沒做就回來了。

「呵呵，對於不過是摸一下手就哇哇叫的結女同學來說，這個話題可能有點太刺激了……」

「……那個，會長？」

「怎麼了？」

「整件事聽起來……就是會長總算有機會攻陷學長，卻臨陣退縮了對吧？」

「……………………」

「妳怕了對吧？平常態度明明那麼積極，遇到關鍵時刻卻害怕了對吧？也就是說被譽為創校以來第一天才的學生會長，竟然嚇得逃走了對吧？」

「……妳、妳很吵耶！小生是覺得地點不恰當！換作是妳，也不會想在那種不知何時會有外人過來的自動販賣機旁邊破處吧！」

「是會長妳自己在那種地方勾引男生的吧！」

「在大街上勾引男生的妳沒資格說小生！」

嗚唔嗚！被說中痛處了……！

我稍微調整一下呼吸……說到這個，我想起了一件事。會長好像很愛找機會誘惑羽場學長，可是……

我先確認大家都還沒醒來，然後壓低音量詢問了：

「會長……有件事讓我有點在意……」

「……什麼事？」

「會長妳常常找機會誘惑羽場學長……可是，如果真的進入那種狀況，應該說事前準備……還是護身符……妳有準備好那些用品嗎？」

「………………」

會長沉默了。

這樣看來……

「妳沒準備，對吧……？」

「女……女生身上帶著那種東西，多不檢點啊……」

「不是，我看妳只是沒那個決心吧？只是認定了羽場學長絕對不會碰妳吧？」

「不准說出真相！身為學妹還這麼囂張！」

會長每次一觸及這個話題就會霎時弱化，害我總是忍不住逗她逗過頭。

可是，只有這件事，可能還是需要跟她好好講清楚。

「但是說真的，我覺得還是準備一下比較好吧……？既然現在知道羽場學長有時也會有那個意思了……」

「叫、叫小生準備……要放在哪裡？」

「這……我也不是很清楚，錢包裡之類的……？」

「不、不是，可是，小生以為那種東西都應該由男生準備……」

「會長妳每次都那樣冷不防進攻，人家哪有多餘時間去準備啦！」

「唔嗚嗚……！」

會長發出難受的呻吟，羞紅了臉。我能體會她躊躇不前的心情，可是學生會長要是在在學期間懷孕，那真的不是開玩笑的。

「知、知道了……小生會準備好的……改天吧。」

「改天是哪天？」

「改天就是改天！」

會長加重語氣大叫的瞬間，「嗯……」就聽見一聲可愛的呻吟。

我們嚇了一跳轉頭去看，只見明日葉同學在被窩裡扭動身體，轉為面對我們這邊。

她醒了。

眼睛迷迷糊糊地睜開一條線，看著我們。

……剛才講的那些……沒被她聽見吧？

「……角安……」

呆呆的聲音，很明顯是才剛睡醒。

但是，我們仍然小心為上，戰戰兢兢地問：

「早、早安，明日葉院同學……妳有聽到我們剛才說什麼嗎？」

「嗯～？妳們說什麼……？」

「小、小生我們正在聊今天的預定行程！想問妳有沒有想去什麼景點！」

聽到會長謅的漂亮謊話，明日葉院同學揉揉眼睛，說：

「呼啊……是。我沒有特別想去哪裡……」

我飛快地跟會長交換一個眼神。

看來是……安全過關！

「這樣呀！那也沒關係！」

「那就問問其他人好了！妳跟小生我們一起把大家叫醒！」

「啊，好的。」

呼……好險。個性認真、討厭男生外加崇拜會長的明日葉院同學要是聽到剛才的談話內容，真不知道會有什麼後果。

冷靜下來想想，一大清早的實在不該聊這種話題。可是這種事情又必須說清楚……

……我是不是也該準備一下？

不、不用……我不認為水斗會一時衝動就伸出狼爪……真要說起來，我又不像會長進攻得那麼直接！……況且我得先練習跟他正常說話，不要老是逃避才行……

我一邊想著這些事情，一邊叫醒衣衫不整的東頭同學與曉月同學她們，順便幫她們把衣服穿好。要怎麼睡才能讓腰帶鬆開成這樣……？

就這樣，六個人統統起床，正在一邊梳洗一邊確認今天的預定行程時，狀況發生了。

亞霜學姊用充滿決心的神情說了：

「我有件事，想拜託大家。」

川波小暮◆開幕宣言

——你或許會覺得無所謂。

——可是，喜歡上你的女生要怎麼辦？

——小小，我還是跟以前一樣，很喜歡你。

有幾分是真心話？

從哪裡開始是真心話？

她是不是又在逗著我玩了？還是說真的是發自內心？那傢伙的所作所為總是虛實參半，我已經什麼都搞不清楚了。

她說，她仍然喜歡我？

也是啦，多少還算喜歡吧。因為那時是我單方面甩了她的。自從我變成這種體質以來，我也知道她顧慮到我的狀況，一直在隱藏那種心情。我比誰都更清楚，那傢伙沒精明到可以在短短幾個月內完全放下感情。

我也……跟她一樣。

我受夠了，很希望她能放過我。這都是事實，都是真話。

可是，我也的確曾經喜歡過她。

如果那傢伙不是那種妖魔鬼怪，我很可能現在還在跟她交往。我可能早就跟老爸他們說過了，大概在學校也會曬恩愛吧。我敢如此斷言，因為我以前是真的很喜歡她。

既然如此。

現在她的個性已經改了很多，是不是就……

……這樣假設，根本沒有用。這樣想像毫無意義。

因為，我已經變成了無法談戀愛的體質。

已經變得無藥可救——無法接受他人的好感。

——我幫你治好這個毛病。

我接下來會變成怎樣？

如果真的治好了這個體質——到時候，我會怎麼做？

「早安。」

眼睛睜開的瞬間撲進視野的景象，使我渾身僵硬。

什麼……怎麼會？

我昨天應該是睡在男生房間……！這傢伙怎麼會在這裡？

見我當場被嚇醒僵住，曉月慢慢把手伸向我的臉。

然後，就像疼愛一隻貓那樣摸過我的臉頰，滿懷憐愛地噗嗤一笑。

「你啊……睡覺時的表情，還滿可愛的耶？」

我頓覺毛骨悚然！——一股寒意竄過全身上下。

在被窩裡，我渾身簌簌發抖。那種手部動作，那副表情。就像一個人對待小鳥的方式，疼惜柔弱而需要保護的東西，從鳥籠外注視的那種——

忽然間，曉月壓到了我身上來。

她的體重輕盈得像個娃娃，不像是有血有肉的人。同時卻也具有活人的體溫與柔軟。撲通撲通的心跳，摻和著興奮與恐懼。這傢伙已經讓我永生難忘了。無論是女人的溫柔體貼還是女人的可怕心機，全都揉合成一團烙印在我的心底。

聲音甜蜜、冰冷地呢喃：

「（大家都在看喔。要、忍、耐♥）」

到了這時候，我才終於把眼睛轉向周圍的情形。

同室的星哥還有羽場學長，都用好奇的眼光看著我們。只有伊理戶興趣缺缺地在打呵欠，但她說得對，不知情的人都在看我們。

我忍受著寒意，壓抑住渾身的寒顫，把討厭的記憶還有想像推回腦海深處。

不能讓任何人看到……我這種可悲的體質。

「（你表現得很好喔。你最棒了♥）」

用甜膩膩的聲音呢喃後，曉月總算從我身上離開了。

「快點起來換衣服吧——不要讓大家等太久喔！」

說完，曉月一甩浴衣的下襬，就搖頭晃腦地走出了房間。

星哥目送她離去後，眼睛繼續望著房門口，輕聲說了一句：

「你們……果然在交往啊。」

「……什麼叫做果然啊……」

一時之間，我無法從被窩裡爬起來。曉月殘留的體重還有體溫，像是刻下了痕跡一般，仍然留在我的身上。

——你有聽過暴露療法嗎？

怎麼可能沒聽過？我也不是沒想過有什麼方法可以治好這種體質。

也就是刻意接觸心理創傷的來源，藉此逐漸克服心理障礙——

難道說，她打算那麼做？

從今天開始？今天一整天？

難道她打算從早到晚——表現得像是我們剛開始交往的那時候嗎！

亞霜愛沙◆裝備要看適性

「拜託！幫我挑跟學長約會時穿的衣服！」

這樣拜託大家後過了幾小時，我們來到了神戶臨海樂園的購物中心。

大家在這棟設施內自然而然分成了男女兩組，我們這組的目的地是既時裝又精品的區域。沒錯，我早就跟學長約好，從中午開始就我們兩個一起去玩！為了迎接這場頭目戰，裝備當然必須萬無一失。

約會穿搭事前早就該買好了吧。

我知道一定會有這樣的聲音。應該說還真的有人這樣跟我說。蘭蘭直接當著我的面講大道理，說：「妳怎麼沒有事前先買好？」我的回答如下：

別以為這些道理對我有用！

看看！我的這身便服！皺褶！荷葉邊！這種差一步就變成童裝的地雷系！我就愛這種的！就只會挑這種的！不太會區分什麼便服或ＣＯＳ服的！但我只知道這種衣服不能穿去決勝約會！

從以前到現在，我並不是沒有跟學長出去玩過。

以前，我都是照常穿自己喜歡的衣服。學長每次看到都會露出有點排斥的表情，但我反而覺得他的反應很好玩。

可是，今天就不同了。

這是因為，今天——我要向學長告白。

所以！我才會忍辱負重！向大家求援！

「雖然妳這種莫名自傲的態度讓小生有點介意，不過好吧，好歹是朋友一輩子只有幾次的重大場面，小生不會吝於提供幫助。」鈴理理這麼說了。「況且小生早在很久以前，就覺得妳這種穿搭品味該改改了。」

「妳有意見嗎！地雷系明明就很可愛！」

「那妳就穿去約會啊。」

唔嗚嗚……妳們每個人都這麼愛講大道理。學生會這種死板組織就是這樣。

「好嘛好嘛，這也是個好機會呀！比起只逛不買，有個目的逛起來會更開心啦！」

不屬於學生會的小月月貼心地說了。

「我之前也在想『這個學姊明明完全是名模身材，為什麼偏偏愛穿這種幼稚的衣服啊～』這下正好可以改善一下！」

「怎麼覺得小月月妳也在酸我？」

話先說清楚，妳們幾位已經跟全世界的地雷系愛好族群為敵了喔。

「亞霜學姊身材高挑又苗條，穿起帥氣風格的衣服應該也很好看。」

「可是如果是約會裝，可能又有另一套標準了喔，伊理戶同學。」

只有小結子跟蘭蘭這兩個學妹在認真幫我想辦法。另一個學妹——伊佐奈學妹不知為何，拿著手機到處拍照。她一看就像是室內派，穿著打扮卻還不錯看，真是不可思議。她是在哪裡學會穿著搭配的？義務教育嗎？

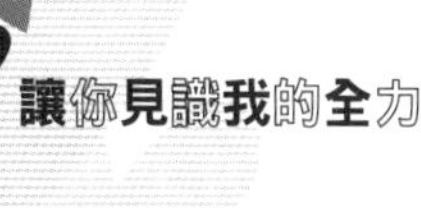

「首先必須訂立好方針。」鈴理理說道。「既然要挑選跟星邊學長走在一起的衣服，配合學長的穿著也很重要。今天星邊學長穿的是——」

「夾克搭配牛仔褲，配色是寒色系——」小月月說。「雖然是很一般的穿搭，但像學長個頭那麼高，穿什麼都好看呢。好詐喔～」

「就是說啊！」

真是，我那個學長個頭就是這麼高！足足有一百八十七公分呢！穿什麼都帥，好討厭喔！

「愛沙，現在擺女友嘴臉還太早了。」

「至少等告白過後再擺吧，學姊。」

「……對不起。」

情緒亢奮到往奇怪的方向爆表了。看來迎接這一天作為我人生當中最大的轉捩點，使我一點也無法保持冷靜。

鈴理理她們繼續交換各種意見。

「既然星邊學長的服裝色彩偏向穩重，小生我們也許可以挑比較明亮的色調。」

「不錯耶——！雖然說已經入冬了，沒辦法挑太活潑的色彩就是！」

「要穿褲子還是裙子？」

「我是覺得講到約會裝都給人裙裝的印象……」

「難得學姊有一雙美腿，不露給人看就太吃虧了啦！」

「說得對。總之胸墊是一定要拿掉的——」

「等、等一下！拿掉的話，胸罩的尺寸就……！」

「『趁這機會重買一件啦。』」

「可是我特地穿了決勝內衣來的說～……」

大家一邊吵吵嚷嚷，一邊往眼睛看到的店家前進。

然後東挑西選了一堆服飾配件，全部拿在手上進入試衣間。

「好啦，我穿好嘍——怎麼樣～？」

看到我拉開布簾現身，「喔～……」幾陣難以形容的聲音重疊在一起。

大家姑且當成原案塞給我的，是脖子周圍比較空的女版襯衫，以及長度不到膝蓋的百褶裙。

好像是想給整體打造出制服式的穿搭。

結果……

「這……」

「該怎麼形容呢……」

「……很像辣妹呢。」

「嗯，就是辣妹。」

穿出了一個辣妹。

再來只要脖子或手腕戴上叮叮噹噹的首飾，腰上綁件毛衣就完美了。

蘭蘭忍不住「噗嗤」一聲，小聲笑了出來。

「很適合學姊呢，好像是專為妳設計的……噗嗤嗤……！」

「喂，妳被戳中笑點個什麼勁啊！竟敢把我這個正統的御宅族說成放蕩辣妹，好大的膽子！」

「真要說的話比較像是對阿宅溫柔的辣妹啦——！再說正牌的辣妹才不會綁什麼披肩雙馬尾咧。怎麼樣，東頭同學？請代表御宅族發表感言！」

「咦？」

突然被小月月問到的伊佐奈學妹，看看站在試衣間裡的我，不知為何把手機鏡頭轉過來說：

「這個嘛……我會希望這個女生在我午休時間裝睡的時候，可以過來跟我裝熟聊天……」

「學姊妳看！大受好評呢！」

唔唔唔……誰教我也是個阿宅，我懂她的意思！

「嗯——……可是我又覺得……」

「又有哪裡不滿意了？」

「該怎麼說呢？我希望可以在穿搭上表現出我的認真度。想讓學長覺得『她今天看起來不太一樣』。可是妳們看嘛，我平常就是屬於強勢進逼的類型……」

「也就是說學姊想要更大的反差嗎？」

「對！就是妳說的這樣！」

古今中外，反差永遠能夠戳中一個人內心的空隙！也就是拿平常的我當伏筆！任何男生碰到這招都要淪陷！就算是那個活像木頭人化身的學長也不例外，大概吧！

「像我覺得這種穿搭啊，要那種平常更乖巧守規矩的女生穿才有效吧？比方說——」

霎時間，視線全集中到了同一個方向。

「咦？」「嗚欸？」

清純玉女的活範本——小結子，以及不起眼女生代表——伊佐奈學妹，雙雙困惑地做出畏縮的反應。

「……哦。」

「……原來如此？」

鈴理理與小月月的眼睛閃出好奇的光彩。

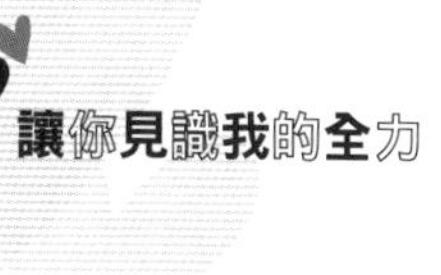

呵呵呵……讓大家久等了。現在進入離題單元！

伊理戶水斗◆阿宅大多都對辣妹有偏見（偏見）

「午安～！你們住這附近嗎～？」

「不是。抱歉不方便。」

星邊學長輕輕揮手，制止並躲開了聲音高八度跑來搭訕的女性。

自從進入這家購物中心，與女生組分頭行動後，這已經是第二次碰到倒追了。我可是直到今天才知道女生真的也會主動跟男生搭訕，沒想到竟然同一天就親眼目睹了兩次，著實令我嘖嘖稱奇。

大概是很難忽視這樣的男人吧。對女性來說，星邊學長的高大個頭太顯眼了。星邊學長勸退倒追的技巧可謂造詣極深，就是最好的證據。

「不好意思，學長，都丟給你處理……」

平常最聒噪，而且看起來最會玩的川波小暮不知道是怎麼搞的，每次有女生湊過來就躲到星邊學長的背後。不曉得是不是我心理作用，臉色好像也有點糟。

「啊——？無所謂啦。就讓我在這種時候裝一下大哥吧。是說川波，真是沒想到耶。你是不擅長被女生主動搭話嗎？」

「呃，也不是，只是普通搭話的話是不會怎樣……」

畢竟這傢伙總是公開宣稱，戀愛是用來看的不是用來談的。也許是自己被倒追只會覺得麻煩透頂吧。

早知如此，或許不該跟女生組分頭行動的。雖說她們那邊是六個人的大團體，應該不會那麼容易被搭訕……

「午……午安～……」

「你好可愛喔～！住哪啊？有在用LINE嗎～？」

又被人從背後搭訕，我差點沒嘆氣。

喂喂，剛剛才走掉一組耶。神戶的治安怎麼會敗壞成這樣？

我想看看是哪來的傻蛋在擾亂日本的治安，回頭往背後一看——

「啊，啊哈……啊哈哈……你、你好～……」

「這不是水斗同學唄！嚇我一跳唄！有在用LINE嗎？」

才在想說是哪來的傻蛋，沒想到是我認識的傻蛋。

一個是精神層面跟不上外表的傻蛋，一個則是搭訕招數只有「有在用LINE嗎？」這

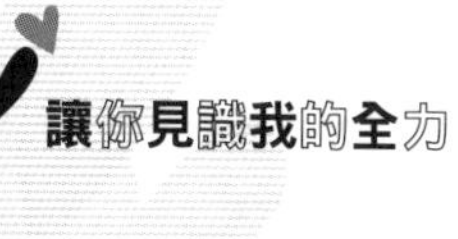

一百零一招的傻蛋。

兩人都穿著低胸衣服配短裙，拋開了平常的文靜乖巧。只是看到她們那種怯生生的態度與錯得離譜的笑鬧方式，就知道還是本性難移。

兩個徒具辣妹外型的陰角。

伊理戶結女與東頭伊佐奈。

「妳們在幹嘛啊……」

「嗚，嗚嗚……！你是不知道女生玩過頭的惡作劇有多可怕……！」

「其實還不錯唄！跟Cosplay差不多唄！穿這樣超興奮的唄！」

有人似乎以為辣妹的語尾都是「唄」。

眼睛望向兩個傻蛋的背後，就看到一群女生在那裡笑到人仰馬翻。我大致上理解狀況了。

「……所以呢？妳們的懲罰遊戲要怎樣才能結束？」

「其、其實也不是懲罰遊戲……」

「只要水斗同學露出色瞇瞇的表情就立刻結束！喝！」

伴隨著好像要來扁我的吆喝聲，伊佐奈摟住了我的手臂。

一團柔軟容易變形又深不見底的觸感包住整條手臂，伊佐奈一邊把下巴擺到我的肩膀

上，一邊「咿嘻嘻」地笑著。

「辣妹跟人都是沒有距離的。就算胸部碰到也沒在怕的。」

「不要散播這種嚴重偏見。」

真要說的話，妳現在這樣跟平常根本沒差吧。

「結女同學也別客氣，來吧──」

「咦！我也要嗎！」

「要徹底當個辣妹！就這一刻讓自己變得不要臉！」

不是，喂，給我等一下。這樣不好吧──！

「──我……我知道，了……！」

連制止的時間都沒有。

結女露出下定決心的神情，有點猶豫地站到跟伊佐奈相反的位置，抓起我的手臂──一副「我不管了！」的態度，用上整個身體抱住它。

霎時間，包覆整條上臂的……雖然沒有伊佐奈那麼深厚，但也足夠柔軟、擁有足夠彈力的觸感，使我腦中啪滋啪滋地連連迸出火花。

結女從近到呼吸都會落在臉上的距離，像是有所央求地注視著我的眼睛說：

「……怎麼樣？」

竟然……還問我……怎麼……樣。

「總、總之我只能說……這、這樣很難為情。」

不是在大庭廣眾之下該有的行為。總覺得路上行人都在看我們，讓我心浮氣躁。但是，也多虧於此，才讓我的腦袋不至於爆炸。

可能是聽懂我的意思了。結女也急速羞紅了臉說：

「說……說得也是！對不起……！」

謝謝她立刻就鬆手了。

鬆了口氣的同時，失去了結女體溫的右臂，卻也感到有些寂寞。

至於摟住左臂不放的伊佐奈，則是「咿嘻嘻」地笑著說：

「看來是我的辣妹力略勝一籌呢。辣妹才沒有那種常識與羞恥心會去在意旁人的眼光啦！」

「妳也快給我放手。還有，不准再繼續散播偏見了。」

「啊嗚！」

我用獲得解放的右手去推伊佐奈，很容易就把她從身上拉開了。我看大多數的辣妹應該都比妳更懂得常識吧。

我唉地嘆一口氣，藉此替腦袋的內部散熱。

真是……這次的旅行團，相較於比較安分的男生組，女生那邊真是玩過頭了。

我偷看一眼服裝跟平時的保守風格有著一百八十度轉變的結女。

——我們到了明天，可是要回到同一個家耶？

就算我現在把持得住……明天就難說了好嗎？妳這笨蛋。

東頭伊佐奈◆這股熱潮不能不跟

「唔唔～……」

總覺得，感覺好怪喔。

我一邊把烏龍麵條吸進嘴裡，一邊觀察餐桌的氣氛。

身旁的水斗同學還是照常安靜地把炒麵送進嘴裡，但我感覺他眼睛轉向正面的次數，似乎比平常少了那麼一點。在他的正面……這不用隱瞞，結女同學就坐在水斗同學眼睛不看的位置，她也一樣幾乎不跟水斗同學說話，都只跟坐她旁邊的南同學聊天。

我覺得今天的兩人，之間好像有點距離。

就像在這裡坐下的時候，我其實也有客氣一下，想把水斗同學旁邊的位子空出來，但結女同學看都不看就坐到他的正面去了。

好吧，也許坐正面比坐旁邊更好，但就我模糊的記憶來說，她在泡足湯的時候不是還硬要挪出空位讓水斗同學坐她旁邊嗎？

水斗同學也是，難得跟結女同學出來旅行，卻好像完全不打算主動接近她。我很高興他願意照顧我，但我也不是小孩子了，不用二十四小時都讓人盯著。

相比之下，那位學姊的積極態度真讓我尊敬。

她剛剛已經穿起大家幫她挑選的約會裝去赴約了。那種帶著滿滿決心的背影，正是戰士的身影。使我佩服不已地心想：原來那就是決心告白的少女的背影啊。

……啊，瞧我講得好像事不關己似的，差點忘了，我也是有跟水斗同學告白過的。不曉得當時的我看起來，是否也跟那位學姊一樣？

不過就水斗同學與結女同學的情況來說，他們要算是破鏡重圓，所以可能無法想得那麼單純吧。而且他們還住在同一個屋簷下——要像我這樣變回普通朋友，可能沒有那麼容易。

就算以我來說好了，如果不是告白遭拒，而是交往過後才因為某些原因分手——嗯……不免還是會覺得尷尬吧。

應該說，真佩服他們倆能當得了繼兄弟姊妹耶。

要是換成我的話，一定會窩在房間裡不肯出來，不然就是性慾著火過著糜爛的生活。這我敢確定。

想著想著午餐就吃完了，大家一起離開美食街。

「曉月同學，下午要去哪裡？」

「啊，抱歉，下午我自己有行程～」

「咦？」

沒想到忽然有了意外發展。

南同學迅速拉住痞子男（我說的是川波某某）的手臂，光明正大地宣布：

「那麼我們現在也要去約會了！大家傍晚見——！」

「嗄啊？不是，等一下啦！」

拉著滿臉困惑的痞子男，南同學消失在人山人海之中。

我與結女同學都只能愣愣地張著嘴，目送他們離去。

「自從聽說他們是青梅竹馬之後我就在懷疑了，但沒想到……」

「他、他們是什麼時候……」

原來那傢伙明明在跟南同學搞曖昧，卻還自稱是什麼戀愛ＲＯＭ專。我就知道那傢伙不可饒恕。痞子男必須死。

「……搞不懂他們想幹嘛。」

只有水斗同學一個人，露出了有點狐疑的神情。

十個人當中居然有四人以約會為由脫隊。想不到學生會主辦的旅遊，風紀可以敗壞到這種地步。事情演變至此，不去約會反而變得比較奇怪——

「唔。」

我想到好主意了。

只要搭上這股熱潮就行了。

「水斗同學。」

「嗯？」

我扯扯水斗同學的衣角說了。

「我們也來約會吧！」

「……嗄？」

「跟結女同學三個人一起！」

「「……嗄啊？」」

在她指定為碰面地點的巨無霸長頸鹿塑像前面，那傢伙一邊心神不寧地玩瀏海一邊等我。

看到她跟剛才截然不同的模樣，我一時之間困惑不解。

寬鬆的針織毛衣，搭配膝上窄裙——不知是不是怕冷的關係，腿上套著褲襪。一身裝扮完全不同於平常那種孩子氣的風格，顯得較為成熟穩重。

是她們幾個女生一起逛街，買了就直接穿來嗎？大概是之前那套地雷系風格被紅還是誰挑剔，不得已才買來穿的吧，但是——

「……嗨。」

我稍微舉起手打個招呼後，亞霜把手提包提到膝蓋前面，說：

「學朗——」

舌頭打結得有夠明顯。

在一瞬間的僵硬之後，她說：「請、請稍等一下。」轉身背對我。

「呼——……哈——……」

肩膀大幅度上下起伏了好幾次。

然後，她再次轉向我這邊，面露淘氣的笑容重說一遍：

「學長！你好慢喔，竟然讓女生等你，要扣分喔！」

真佩服她能在出糗之後繼續維持這種調調。我都不禁對她肅然起敬了。

「就只是誰離入口比較近的問題吧。大家都在同一家購物中心啊。」

「哦，找藉口啊？扣你一分。」

「是說怎麼會是妳來給我評分？要不要我也來給妳打分數啊？」

「正合我意，那你就打啊。請問學長，今天的愛沙得幾分呢？」

亞霜用洋溢自信的神情，把拎著包包的手揹到了背後。

喔，原來如此……她是希望我稱讚她今天的服裝吧。

人靠衣裝佛靠金裝……有點太老套了。那就——

「地雷就靠探測器吧。」

「這算哪門子的稱讚啦！」

我是在恭喜妳掃雷掃得很乾淨啊，當然是稱讚了。只要穿著這身服裝，誰都不會看出這傢伙其實是個自尊需求怪獸。

亞霜很刻意地噘起嘴唇（舉止方面的地雷倒是沒掃乾淨），喀的一聲，往我踏出了一步。

「學長你沒發現嗎？這身穿搭有個中心概念——……」

「啊？這我哪會知道……」

……不，等一下。

經她這麼一說我才發現，整體搭配看起來有點眼熟。為什麼？是在雜誌還是哪裡看過嗎？棕色的針織毛衣，搭配偏藍色的窄裙——

啊。

跟我今天的夾克與牛仔褲同色。

「呵呵，發現了嗎？」

亞霜得意地微笑，走到我的身邊來。

「我們穿情侶裝呢，學長。」

「……妳這是整人新招嗎？」

「沒禮貌～愛沙至少沒有穿成跟你的夾克同色呀。怕做得太刻意會被學長討厭～」

「啊——突破盲點了。那我只要把夾克前面拉起來擋住襯衫就行了。」

「那就是祕密情侶裝嘍，學長。」

「妳說什麼都不肯放過我就對了吧！」

亞霜晃動著肩膀輕聲發笑。

真是，就為了這種目的特地買新衣服啊？對一個學生來說應該不是小錢吧——

——我是認真的。

不知道為什麼。

昨天這傢伙跟我說話的嚴肅語氣，重回腦海。

「學長。」

亞霜用一種不能斷定為玩笑話，卻也無法堅信她發自內心的聲調說了：

「現在你的身邊有個女生，單單只為了來見你，就拋開平時的原則，用心把自己打扮得漂漂亮亮的喔……你不覺得，你的稱讚太少了嗎？」

……可惡。

我總不能無情對待為了我破費的人吧。

「妳穿這樣很好看。平常就應該這樣穿了。」

「…………！」

亞霜忽然用雙手摀住了嘴巴。

「怎麼了？」

「沒有……」

她目光游移，把臉轉向一邊，隱藏起表情說：

「只是覺得……超乎預料地開心。」

語調中只有流露出喜悅，沒有半點調侃我的色彩。

——我是認真的。

昨天的那個聲音，再一次閃過我的腦海。

川波小暮◆療程開始

「——喂！我叫妳等等！」

曉月拉著我的手臂不斷往前走，等到看不見伊理戶他們了，才終於轉過來面對我。

「嗯？怎麼了？」

「還問我怎麼了！什麼叫做約會啊！我怎麼沒聽說！」

「因為我沒說啊。」

曉月做作地發出「咿嘻」的笑聲，說：

「奇怪，你有說過你討厭驚喜嗎？」

「妳這不叫做驚喜，叫強迫好嗎？」

真是，要是東頭趁這機會對伊理戶出手怎麼辦？而且我總覺得今天伊理戶家那兩個看起來對彼此有點冷淡……

「好嘛好嘛，別這樣氣沖沖的。我不是幫忙起了頭嗎？」

「嗄啊？起什麼頭？」

「先是亞霜學姊他們，然後連我們也去約會的話，其他人不就很容易跟風了嗎？」

「…………！」

難道她故意講什麼約會，就是為了這個目的……？

「不過，我說想跟你約會也是真的啦。」

曉月緊緊抱住我的手臂，說：

「……妳怎——」

「如果我這麼說，你怎麼辦？」

差點冒出來的蕁麻疹，看到曉月欠扁的笑臉就瞬間消退了。

如果她這麼說……不是，到底是哪個啊！

「沒事沒事，不用這麼擔心，我會慢慢讓你習慣的！」

「妳說，慢慢讓我習慣……？」

就是之前說的，那個什麼暴露療法嗎……？

曉月沒回答我的疑問，只是臉上漾滿別有用心的笑意。

「那麼，要去哪裡好呢？難得有這機會，就來享受久違的約會嘛，川波。」

聽到她不是把我當成青梅竹馬的「小小」，而是保持距離的「川波」這種稱呼，我稍微鬆了口氣。

然而不用任何人來說我也知道，這份心安反而證明了我內心底層，盤踞著一個巨大的疑慮。

伊理戶結女◆不明的畏怯

「啊！水斗同學請看！是那個耶，那個！」

「哪個？」

「就是那個啊！遙望大海的時候可以把腳放在上面的那個！」

「……那個不是用來放腳的，是用來勾住船舶繩結的。」

「是喔！我現在才知道……」

我站在他們背後，靜觀把腳放在等間隔排列於岸壁的樁柱上嬉戲的東頭同學，以及在旁邊盯著以免她不小心落海的水斗。

怎……怎麼辦？我沒辦法找他說話……

枉費東頭同學幫我製造機會……剛才也是，我們三個一起去商場裡的書店聊了好多，但我直到最後都只有跟東頭同學說話……

我也真是的，幹嘛神經兮兮的啦！不過就是用有點邪惡的方式摸了一下手嘛！國中的時候，我還曾經跑去他房間打定了主意要告別處女身的說！

這樣連小學生都不如，根本是幼兒園小朋友……是戀愛的幼兒退化行為……

我怎麼會變得這樣神經兮兮的？因為跟他住在一起？因為身處於只要想做，多得是機會的環境？還是說是因為上次在浴室，意外看到了水斗的裸體？

……我也不知道。想到的可能性太多了。

既然我喜歡他，而且還想跟他交往，那點接近應該反而算低調了——不像會長，還穿著兔女郎裝去把學長推倒……好吧，其實我也覺得她的接近方式不太普通就是了。

好羨慕亞霜學姊……羨慕她內心那麼堅強，無論被星邊學長馬虎應付幾次都不會灰心喪氣。

她都不會害怕嗎？

我就很害怕。在跟水斗開始交往之前，暑假期間見面的時候，我總是怕自己的一點言行舉止，會被伊理戶同學討厭。

現在也是，我還是會畏縮，還是在害怕……可是，這次不是怕被討厭。被他討厭，早就已經是我們之間的大前提了。

但如果是這樣，我到底在怕什麼？

現在的我，究竟缺少了什麼——

「結女同學，結女同學。」

正當我陷入沉思時，東頭同學過來找我說話了。

東頭同學一手按住被海風吹亂的頭髮，另一隻手指了指某處。

「要不要去坐那個？」

「咦？」

東頭同學指著的方向，有一座巨大的摩天輪。

怎……怎麼辦？沒辦法找他說話……

後來連結女同學他們都去約會，結果剩下跟昨天逛異人館街時一樣的組合——小生、蘭同學以及阿丈——繼續到處散步。

換言之，這是絕佳機會。

想要替昨晚小生慘不忍睹的可悲逃亡行為辯解，沒有比現在更好的機會了。

「呼哇……好厲害喔，會長！我是第一次看到真正的豪華客輪！」

蘭同學用她那嬌小的身子，仰望停泊於港口、彷彿高聳入雲的郵輪。

我們心想難得來到海邊附近，到處逛逛也挺有意思的，於是就把港口繞了一圈……沒想到蘭同學似乎是初次來到這種港口，她興味盎然地東張西望，又感動萬分地跟小生講感想。

身為學姊，能被學妹仰慕雖然是件令人高興的事，卻也因此讓小生失去了找阿丈說話的空檔。阿丈已經完全恢復常態，徹底化身為背景的一部分。走在路上的行人，大概只會把我們當成小生與蘭同學的女高中生二人組吧。

如同逛異人館街的時候一樣，不是沒有機會讓小生跟他很快講兩句話……但很遺憾地，這次的事情不是兩句話就能解決。

到底要到什麼時候才能跟他開口啊……！應該說，該怎麼辯解才好啊……！

越是去想這個問題就越是陷入困境，漸漸變得反而像是小生在躲著阿丈似的。

「不過話說回來……我從剛才就在想……」

蘭同學一邊四處張望，一邊說了。

「走在這附近，不知為何會讓我想起鴨川呢。天底下的情侶為什麼都喜歡往水邊跑呢？」

的確是可以零星看到幾組像是情侶的男女組合。臨海樂園是神戶的必玩景點之一，會這樣是理所當然。但是除了情侶之外，也能看到全家福或是像我們這樣的學生，所以也不是真的像她說的那樣都是情侶。

「不只限於情侶，人類天生就是喜歡水邊。四大文明不也都是繁榮發展於大河流域嗎？」

「……也可能是我自己太容易注意到情侶了。如果是這樣，一定是昨晚看到的場面害的……」

「昨晚看到的場面？」

「還不就是伊理戶水斗？」

蘭同學輕蔑地說了。

「昨晚在旅館，我看到伊理戶水斗跟東頭同學在調情。又是用手掌往臉上摸來摸去，又是抱住男生把胸部貼上去……竟、竟然，在那種公共場所……！」

哦？的確，那兩人的感情已經好到怎麼看都像是在交往——嗯？那結女同學呢？之前阿丈的見解是他們並非屬於三角關係……

「那真是太令人羨慕了。也就是說他們已經熱戀到不在乎外人眼光了吧。」

「會長妳怎麼能這麼說呢！如果是在自己的房間也就算了，那裡可是開放大家進出的交誼廳耶！竟然在那種不知道會有誰過來的地方發情，我不覺得這是有理性的人該有的行為！」

「…………」

同學說得有理。

在那種不知道會有誰過來的地方，穿著兔女郎裝色誘或是推倒男生，都不是有理性的人會做的事呢。

「我太不甘心了！那種人為什麼能考到全年級第二名啊！我看他只是一副道貌岸然的嘴臉，內心一定是個禽獸！是那種以羞辱異性為樂的變態！」

小生知錯了。

身為一個逼異性說出對自己的哪裡興奮的變態，小生鄭重道歉。

「成績優秀的人身為學生們的代表，應當時時刻刻注意自己的行為，懂得自愛並遵守社

會良知！就像會長一樣！」

「…………同學言之有理。」

小生會懂得自愛，遵守社會良知的。

星邊遠導◆伏筆不被注意到就沒意義了

亞霜事前做過功課挑好的餐廳，時髦到可以從露天座位欣賞海景。

「到了現場一看又有另一番魅力呢——！」

「是啊。漂亮到兩個高中生跑來，會覺得有點卻步。」

「愛沙上網看過，晚上的景觀更美喔。就是『為你的眼眸乾杯』那種的！」

「這句台詞應該由我來說吧？」

「那你說說看嘛～」

「肉不肉麻啊。」

「就是這樣才有趣啊！」

我們一邊吃起端來的午餐，一邊天南地北地閒話家常。

「不是都這樣說嗎？求婚的話，一定要選在看得到夜景的餐廳——這樣。」

「是啊。妳也是那一型的吧？」

「學長對愛沙到底有著什麼樣的偏見啊！」

「我看妳就是老大不小了還會嚮往少女漫畫的情節。」

「你這是對女生的最大級侮辱喔！……不過如果說愛沙都沒在嚮往，就是在騙人了。」

「看吧？妳就是想要有人為妳的眼眸乾杯的那型。好啦，妳要的乾杯來了。」

「不是……不要把玻璃杯拿到愛沙眼睛前面啦！物理性乾杯就不用了！謝絕物理方式！」

「所以呢？妳剛才說求婚怎麼了？」

「實際來到可以欣賞夜景的——雖然現在不是晚上——總之來到餐廳，愛沙的感想是……在這種人很多的地方被求婚，真的太害羞了。」

「沒辦法，這裡又不是包廂或什麼的。」

「還是要在家裡啦，家裡！大概同居到第三年，兩個人在客廳閒閒沒事幹的時候呢～就說『差不多該結婚了吧～』『嗯，好啊～』，你不覺得那種的很令人嚮往嗎！」

「好吧，我也不是不能體會，只是……」

「怎麼了啊？講話不乾不脆的。」

「總覺得妳說了半天，好像就是在追求驚喜。」

「驚喜？什麼不好講，竟敢說愛沙想要的是快閃求婚？太羞辱人了！」

「妳才是在羞辱人好嗎？給我跟快閃業者道歉。」

「……不過啊，學長？」

「啊？妳在賊笑個什麼勁啊。」

「學長剛才的講法聽起來，怎麼好像是假設要跟愛沙求婚啊？愛沙只是說『這種求婚方式讓人好嚮往喔～』，並沒有問你將來跟愛沙求婚時的計畫呀～？」

「那我如果講得像是要跟別的女人求婚妳就滿意了？」

「愛沙會生氣！」

「我就是這樣想的啊。」

我也實在是習慣她這一套了。現在被這傢伙死纏爛打的時候，我都已經可以用直覺反應來接招了。

正因為是直覺反應……所以才會連一瞬間，都沒想到其他女人的事吧。

「……不過啊，有夜景還是滿不錯的。」

眺望著萬里晴空下的神戶港，亞霜深有所感地說了。

「在有旁人眼光的地方會很害羞……但如果是兩人獨處，還是可以欣賞美麗夜景的地方比較好。」

「……妳說做什麼比較好？」

「這個嘛，你猜呢？」

亞霜別有深意地笑著。

即使感覺得到伏筆正在一點一點地被埋下，我卻依然什麼都沒有察覺。

川波小暮◆純屬醫療行為

「再靠過來一點——！」

曉月硬是把我整個人拉過去，讓手機發出啪嚓一聲。

「不錯喔！很好拍！沒有東西可以贏過紅磚瓦！」

我們來到了臨海樂園南邊的紅磚倉庫。這個區域將紅磚建造的倉庫，改裝成了精緻時尚的咖啡廳。

曉月開心地給我看她在歷史悠久的紅磚房前面拍的照片，說：

「你看！好像柯南的封面！」

好吧，是沒錯。要是穿著異人館街那套福爾摩斯的ＣＯＳ服就完美了。

「……妳說這裡很好拍，是有打算把這張照片拿給誰看嗎？」

在照片裡，我與曉月入鏡的角度完全就像是情侶間的距離感。要是把這種照片拿給別人看，學習集訓時的慘狀就要重演了。

「又不會怎樣，就只是當成我自己的回憶啊。」

「回憶～？」

「可以邊看邊想，那時候玩得好開心喔——這樣。不行嗎？」

曉月微微偏了個頭。擺明了是知道這種有點孩子氣的動作很適合自己。對，做作到不行。要是以為這樣演戲能讓我心生動搖就大錯特錯了。

「……是沒什麼不可以。只是覺得妳明明是屬於吃飯不拍照的類型，不知是什麼時候改變作風的。」

「吃飯的照片不重要啊，可是川波的照片再多我都想要。」

「……嗚唔。」

可以感覺到蕁麻疹隨著一陣寒意逐漸覆蓋手臂。

還說什麼再多都想要，彼此每天看對方的臉都看膩了，有什麼必要現在再來多拍一兩張照片……

看到我無言以對，曉月對我露出調皮的「嘻嘻」笑容。

「忍耐忍耐。你看，我沒有要對你做什麼啊。」

她把雙手拿到臉孔前面輕輕搖晃，好像在強調自己沒有伸出鹹豬手似的。

她沒有對我怎樣……對，這傢伙連一根手指都沒碰過我。沒有餵我吃飯，沒有幫我洗澡，也沒有跟我一起進廁所……對，沒事。沒什麼好害怕的……

我注意調整呼吸一段時間後，蕁麻疹漸漸消退了。

「很好喔——這就是所謂的恢復狀況良好？」

看到我狀況好轉，曉月滿意地點了點頭。

「……真的打算用這種方式把我治好啊……」

「只要你不再怕我，其他女生就更好搞定了吧？反正這世上沒有比我更誇張的鬱嬌女了。」

「沒什麼好得意的啦。」

「嘿嘿嘿。」

是啊，她說得對，實際上試試看，才發現其實還是撐得住。

比起徹底躲避女生好感的時候，我現在好像比較不怕這種體質了……

「這個純粹只是醫療行為喔！」

手臂上的蕁麻疹消退後，曉月摟摟抱抱地用她的手臂挽住我的。

「我是為了把你治好才勉強這麼做的！你可不要誤會了喔！」

「妳演傲嬌超不像。我連反胃感都沒有。」

「呵呵呵。你也只有現在能講這些酸話了。」

曉月輕快地踮起腳尖，在我耳邊吹氣般呢喃：

「（我今天會愛你愛到你腰都直不起來，要做好心理準備喔。）」

背脊一陣顫抖。

我已經無法分辨，這是來自於不安，還是另一種不同的感情——

「——呼～♥」

「哦喔哇！」

「啊哈哈！是不是有發毛一下？是不是有發毛一下？」

這個我可以確定是來自別種感情。哪有人這樣真吹氣的啊！

伊理戶水斗◆醜事不外揚

我、伊佐奈與結女依序進入四人座的摩天輪車廂。

我在座位上坐下後，伊佐奈一屁股坐到我對面的座位正中央。

「咦？這……東頭同學？」

這樣一來，結女就不能坐到伊佐奈的旁邊。

面對困惑地呆站原地的結女，伊佐奈壞心地笑著說：

「結女同學就坐那邊吧——」

……妳那是什麼「整人成功」的表情啊……

結女看著我與伊佐奈猶豫不決，但車廂的門這時已經關上，開始往上轉動。

「……喂，站著很危險喔。」

我不得已只好提醒一聲，結女也回答：「說、說得也是……」坐到了我旁邊。

窗外的風景漸漸往天空靠近。

視野擴展到大樓群的後方，變得能夠將神戶港俯瞰無遺。恰巧這時有一艘白色郵輪橫越海面。

……眼前有著這樣的美景，我的意識卻不由自主地被拉往與窗戶反方向的位置。

跟結女並肩而坐的這種狀況，迫使我想起昨天在足湯發生的事。

回想起來，那不過是件微不足道的小事罷了。就只是稍微摸了一下手，摸了一下手指。

既沒有接吻，也沒有摸到屁股或胸部，但為什麼我的意識，全被那段記憶給奪去？

交往的那段時期，手牽手是理所當然的。挽著手臂、擁抱或是接吻，也都是日常生活很自然的一部分。

即使如此——對。

在我的記憶中，我們似乎從未像昨天那樣，暴露出內心的慾望。

交往時的身體接觸，換個說法其實是心靈的接觸。是敞開彼此的心扉，互相包容、親密接觸的行為。

然而……昨天的那個卻是……

慾望——或者是本能。可以說是隱藏於內心底層，近乎獸性的部分。

是本來絕不能……讓他人看見的部分。

如今我對它有了認知。不得不承認我與結女，都有著那樣的部分。而且——

我對結女，以及結女對我，都接受了彼此藏在理性背後的那個汙穢部分。

就行為來說只是摸到了手。實際接受了那個部分的經驗，卻嚴重動搖了內心的堤防。

會讓我覺得——啊，原來這樣沒關係。

會讓我忍不住想……放棄忍耐。

我，很可能，是在……害怕變成那樣。

「噫欸～！好高喔～！」

一無所知的伊佐奈，看著窗外興奮地大叫。

「聽說這裡啊，到了晚上看起來會超漂亮！是不是來得太早了啊～」

「……只有想告白的時候，才會晚上跑來坐什麼摩天輪吧。」

簡直太危險了。在那種只有夜景是唯一光源，一片漆黑的密室——我沒自信能夠忍住不碰她。

「喔，說得也是～那麼那位學姊，說不定也是打算在這裡告白喔。」

「嗯？妳說哪位學姊？」

「……咦？結女同學，這個說出來沒關係嗎？」

結女苦笑了，說：

「應該無所謂吧？等到我們跟亞霜學姊還有星邊學長會合時，事情應該已經結束了。」

亞霜學姊與星邊學長……噢，他們倆啊。我大致可以猜到是誰跟誰告白。

「趁著旅行的時候告白啊。但願不要慘遭拒絕搞得氣氛很尷尬就好。」

「不會啦～他們看起來感情超好的，光是目前看起來都像是一對了，怎麼可能會被甩呢？」

「…………」

「…………………」

我與結女之間，流過一陣尷尬的沉默。

伊佐奈愣愣地看著我們的臉，「啊！」變得張口結舌。

「對喔，我就是在這種情況下被甩的。」

伊佐奈笑得開懷。當事人這樣自己糗自己，我顧慮她的心情就白顧慮了。

結女有點為難地笑著，說：

「要是大家都能像東頭同學這樣看得開就好了……」

「哎，因為我當時看上的是水斗同學的身體嘛。」

「喂。」

雖說交往與否的差別，的確也就只在於能不能發生性關係而已，但妳也太……

「不是啊，如果只是想一起玩或什麼的，只做朋友也沒什麼不可以吧。所謂的交往，不就是多少想做點色色的事才會交往嗎？」

「這個嘛，是沒錯……」

雖然或許真的是這樣……結女喃喃自語。

——或許，真的是這樣。

我之所以分明心意已定，目前卻沒有半點告白的意願，或許就是想否定自己的本心——

或許是在無意識之中，不願意在結女面前顯現出心底的本能。

縱然結女願意包容，我也不想看到那樣的自己。

這一定只是青澀不成熟的自我意識。一定只是不足輕重的自尊心。即使如此，我仍然不想把自己視作那種只能用慾望表現感情的存在。

寧可相信還有更美好的方法，執意尋求根本不存在的事物——

「交往的理由，還是要看每個人吧。」

——根本沒有那種方法。我很清楚。但是……

「伊佐奈看事情其實比較偏向邏輯思考，所以或許只能做出這種結論。但是也有一些人會從非理性的部分，在情侶關係中感覺到某些價值……還是說，妳也屬於只能從身體看異性的類型？外表這麼矜持端莊，腦袋裡卻盡想些色情的事？」

「嗚欸？」

結女嚇了一跳，連連眨了幾下眼睛。

一定是沒想到我會問她吧。因為，內心的堤防都已經搖搖欲墜了。何時潰堤都不奇怪。

所以我才要這麼做。

所以才不能夠去認真面對。太在意那些問題會被牽著鼻子走。醜事只能夠設法掩蓋，用來掩蓋的蓋子就叫做理性。為了讓我繼續維持自我，就讓我憑著理性視若無睹吧。

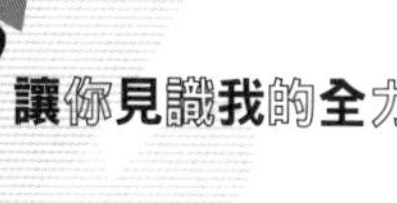

「哪……哪有可能啦！就憑你一個瘦皮猴！」

「我只是說異性的身體，又沒有說是我的身體。」

「嗚唔……！」

「不要再說了！你要知道還有人豈止異性，連同性都是只看身體的！」

「拜託妳再多關心一下人性吧。」

目前只能得過且過。

不這麼做，我們就無法繼續做我們自己。

羽場丈兒◆到口肉不吃會讓人變得自卑

我的特技——應該說是習性，就是觀察人類。

融入背景，能夠讓我清楚看見旁人的行為。因為除此之外也沒什麼事好做了。沒有人會注意到我或是找我說話。於是在不知不覺間，我就養成了從表情、舉止、聲調等各種訊息分析他人人格的習慣。

所以我知道。

紅同學在躲我。

理由再清楚不過了，就是昨晚的那件事。我被扮成兔女郎的紅同學壓倒，在耳邊呢喃甜言蜜語，就忍不住——

……那能怪我嗎？我終究也是個男人，在那種狀況下毫無反應才叫奇怪。能把持到那種地步已經很了不起了。

但是……

紅同學一發現有異物碰到屁股，就一溜煙地逃走了。雖然我也會心想，明明是妳自己要勾引我——但是以紅同學的心態來說，大概是以為自己在疼愛一隻無害的動物吧。而這隻動物突然露出獠牙，她當然會立刻產生戒心了。

況且單純地……以女生來說，應該會覺得很不舒服。

……如果紅同學就這樣漸漸疏遠我，其實也不是件壞事。像她那樣的人，本來就不該跑來搭理我這種人。如今只不過是事情恢復正常罷了。

可是……最起碼，我想跟她道個歉。

我覺得我作為一個人，至少也該好好了結這件事。

就算會讓我整個人如常從她的世界中消失，至少這點小事我得——

今天我一直在窺伺機會。

然後，那一刻終於來臨了。

「抱歉，我去一下洗手間……」

走進港口旁邊的海洋博物館沒多久，明日葉院同學就這麼說，一個人暫時離開。

在場只剩下我與紅同學。

這是大好機會。

「阿丈——」

紅同學一轉頭過來的瞬間，我立刻低頭道歉。

「真的很對不起。」

「……咦？」

聽到我在博物館裡壓低音量道歉，紅同學困惑地低呼了一聲。

「真的很抱歉，昨晚我用噁心的東西按在妳身上。只要紅同學一句話，我願意從學生會辭職——」

「等、等一下！」

紅同學先是大聲制止，接著急忙環顧四周，隨即壓低聲音說：

「（昨、昨天晚上那件事，是小生先開始的！怎麼會是你在道歉！）」

「（……妳不是因為那件事讓妳不舒服，今天才會躲著我嗎？）」

「（才、才不是！今、今天是因為……）」

吞吞吐吐地支吾其詞了半天後，紅同學硬是把我的頭托了起來。

「（總之！昨晚那件事不是你的錯！小生並沒有覺得不舒服！你都不知道小生有多愛你那樣！）」

「（咦？）」

「（……沒有，抱歉。小生說溜嘴了……總之你不用辭掉學生會的職位！）」

「（既然是這樣……妳那時候，為什麼要逃走？）」

「（那、那是因為……）」

紅同學的白瓷肌膚飛上一朵紅雲，翠玉色的眼眸求助般地四處游移。

視線到處飄移之後，她抬眼瞥了我一下，說：

「（應該說，忽然產生了真實感嗎……一想到這個就是那個，小生嚇了一跳……就開始害怕起來……）」

……嚇了一跳？

害怕起來？

像紅同學……這樣的人？

「（你一定是覺得小生成天勾引你，還講這種話很奇怪吧！）」

接著紅同學又變得好像豁出去了，直接把話講開。

「（但這不能怪小生吧！小生可是如假包換的處女耶！講的那些男女關係其實也只是聽來的啊！面對本尊當然會有點退縮好不好！）」

「（這麼丟臉的事情還講得好像很了不起似的……）」

「（少囉嗦，要你管！還不都是你到口肉不早點吃掉才會變成這樣！）」

這個嘛……或許的確是這樣。

「唉……」紅同學深深嘆一口氣。

「（本來是想跟你解釋清楚的，這下全都搞砸了。）」

「（我只能說……對不起。）」

「（沒關係。反正小生已經下定決心了。）」

紅同學用心意已決的眼眸，抬頭看著我的臉。

就好像從那雙眼眸射出光彩，照亮了我一樣。

「（下次小生不會再嚇到，不會害怕，也會做好準備。）」

「（……什麼準備？）」

「（小生自有打算。你只需要明白，你下次再在小生面前勃起，就是你破處的時候了！）」

勃……這個人又來了，講這麼下流的詞彙都不會害臊……不過本來就在講下流的話題，或許也不能都怪她。

總而言之，這下事情就解決了吧——正當我這樣想的時候……

「（……順便問一下。）」

紅同學進一步壓低原本已經很小的聲音，說了。

「（後來……那個，你有設法解決嗎？）」

「（……什麼？設法解決哪個？）」

「（不是啊，因為……小生聽說男生變成那種狀態後，不做點處理就沒辦法變回去……）」

……………………

「（紅同學，請妳把那個參考資料扔了。）」

「（什……！你怎麼知道小生是看資料的！）」

「（因為又錯了。）」

拜託誰來教教這個人正確的性知識吧。我沒這個自信。

亞霜愛沙◆在稀鬆平常的日常，陷入稀鬆平常的情網

一開始是一種敵對意識。

他那種高高在上的忠告惹火了我，使我惱羞成怒地心想既然如此，我就讓你見識我的全力。我要逼得學長你，情不自禁地用你說沒多大價值的視線看我。我抱持著這種想法，開始找機會鬧他。

不知從何時開始，這種意識變成了好感。

大概，一定，我也不清楚……可能是日常生活中的一個小小場面，成為了契機。

——喂！

那時我正在學生會室做事。我在櫃子裡翻找資料時，學長忽然大叫一聲，「咦？」我轉過頭去。

就聽見「匡噹」一聲。

聲音來自頭頂上方。

當我抬頭仰望時，放在櫃子上的瓦楞紙箱，已經搖搖欲墜地歪向了我這邊。我來不及反

應，只能眼睜睜看著它倒下來。

所以，一直到學長衝過來伸出雙手幫我扶住箱子了，我都還只會在那裡發呆。

「啊。」我小聲地呻吟一聲。

然後，我才終於想到自己該說什麼。

——謝謝學長……

——不會……小心點。

嗯，對啦，我知道很老套。

可是請等一下。我並不是就為了這點小事對學長心動。如果稍微被人家挺身保護一下就會愛上對方，我的初戀老早就來臨了。

烙印在我眼裡、心裡的是……

學長大嘆一口氣之後，露出的神情。

直到現在，我都不知道那表情代表了什麼。

不知道是安心、驚愕、困惑，還是迷惘——

只知道……他看起來好脆弱。

他的那副神情，看起來像是不堪一擊。

——原來他，也會有那種表情啊。

這個總是瀟脫不羈，天下無敵的學生會長……碰上我的任何舉動都能四兩撥千斤，擺出一張撲克臉的學長……

只有在那一刻——看起來就跟我一樣，是個弱小的普通人。

……好奸詐，你太詐了，學長。

這要我如何能夠忘懷？你不知道女生對反差最沒抵抗力嗎？

明明是我，想要把我自己，烙印在你的眼裡——

——怎麼會變成是你，把你自己，烙印在我的眼裡？

當我注意到時，這已經變成了常態。我在內心角落尋求著那時候的表情，變得時時刻刻都在注意學長的每個神情。

這已經成了我的日常生活。

——沒錯。不需要什麼特別的狀況。

學生會室也行，咖啡廳也行。聊手遊的話題，分享有趣的影片。毫無意義地閒扯淡，毫無價值地過日子。這種只不過是兩人湊在一塊的平凡時光，對我來說卻比什麼都更重要。

所以我今天，也不會做什麼特別的事。

稍微用心打扮的衣服，以及第一次來玩的景點，都只不過是一點調劑，我們只需要跟平常一樣，跟往常一樣做我們自己就好——因為，為了讓我們今後能繼續維持這種關係，學長，我想成為你最重視的女生。

今天要過得開開心心的。

讓今天跟平常一樣，跟往常一樣沒什麼新鮮事，但是過得開心。

所以，到了今天的最後，你願意……

花一點點時間，陪伴認真面對你的我嗎？

「學長。」

時間過得好快。

不知不覺間，夕陽已經染紅了天空。

「回去之前……要不要……坐一下摩天輪？」

南曉月◆自作自受

「嗚哇，已經這麼晚了啊。」

抬頭往上一看，原本蔚藍的天空已漸漸染紅。

看看手機的時鐘，時間剛過下午四點。到了十一月下旬，太陽總是下山得太早。害得我必須跟小學生一樣，這麼早就開始準備回去。

對了——在那段時期，我們也是差不多在這個時間，跟對方說該回家了。

小小說反正我們是鄰居，回家之後還是可以一起玩，把我當妹妹似的牽著我的手。

啊——忘記這種的叫做什麼了。好像在漫畫還是哪裡看過。

「這種的要怎麼形容啊，川波？」

「…………………」

川波沒有回答我。眼睛轉過去一看，他臉色發青，抿緊了嘴唇。

……也不過就是兩個人坐在長椅上，我把頭靠在他的肩膀上而已。

就連這點小事……都不被允許。

胸口陣陣刺痛。這是難過的心情？還是說，我是在可憐川波？或許我該停下來了。不，治療到一半手下留情會讓效果打折。可是不行啦，我不想再繼續傷害小小了。不准耍任性，這是我留下的創傷。我不照顧他，還有誰能幫他？

自作自受。

這次我立刻就想到了形容詞。對，這種的，就叫做自作自受。

國中時期發生的事，全都是我不好。小小好像還在為了在醫院對我發飆的事情內疚，但那也是我自作自受。我把好好一個人當成人偶或玩具任我擺布，只罵我那些話都還算客氣了。

無藥可救的是，我的心中仍然有個部分，想要像那時候那樣對待他。直到現在，我的慾望仍像火焰一樣燃燒。我想讓身體不舒服的小小躺下來，幫他脫衣服，把他全身上下擦乾淨，煮稀飯幫他吹涼，餵他吃完之後不斷地吻他直到他睡著。這大概就是我的癖好吧，改不過來。

我看，我最好不要再找對象了。

不是對方崩潰就是我崩潰，再不然就是一起崩潰——很容易就能想像到我們即將步上的末路。所以，如果小小說要另外交女朋友，那也沒什麼不好。

可是，至少，我希望能繼續當他的青梅竹馬。

因為小小也跟我一樣，很珍惜小時候跟我玩在一起的回憶。所以至少，我希望能繼續當他的青梅竹馬。

就讓這次成為最後一次沒關係。

無論是牽手、把頭靠在肩膀上，還是挽著手臂走在一塊，我願意讓今天成為最後一次。好讓我有一天，可以把這個位子讓給別人——善始善終，回去當普通的青梅竹馬。

這些負遺產，我會統統做個清算。

「…………這叫……光陰似箭。」

聽到呻吟般的聲音，我抬頭看看小小的臉。

「記得意思應該是……不要虛度，像飛箭一樣迅速消逝的時光。」

「……你還好嗎？」

「嗯……多虧有妳幫忙，我好像……有點適應了。」

儘管臉色仍然鐵青，小小逞強地彎起了嘴唇。

「這樣啊。」

那就好——但這句話，我不能說出口。

因為藏在話裡的安心感，一定會流露出……超乎必要的好感。

「你這人其實知道得還滿多的耶。明明是個傻蛋。」

「我才不是傻蛋好嗎？都能考上洛樓了……別拿我跟伊理戶他們比。」

「不要虛度，像飛箭一樣迅速消逝的時光……是吧。」

真是說中痛處了，我仰望滿天的晚霞。

不會虛度的。我絕對，不會虛度這段時光。

都已經害小小這麼痛苦了……我絕對，絕對，不可以那樣做。

有空的話就來加入吧。

找我加入學生會的勸誘語句，粗略意譯一下的話就這樣了。

完全是順水推舟。

當我放棄籃球，正覺得無所事事時，正好出現了一個人對我說「那你就做這個吧」。當我找不到一個新的自己時，剛剛好來了個機會幫我重新來過。所以我沒多想就抓住了這個機會。就只是這樣而已。

只是沒想到，我最後竟然當上了學生會長——順手做些好像做得來的事情，不知不覺間就變成會長了。沒講什麼道義也沒有什麼企圖，完全就是順水推舟。

只是——沒錯。

如果我不打籃球之後當上了學生會長，其實也還算取得了平衡。也不至於辜負那些學長對我的關懷。

這種想法，似乎經常……閃過我的腦海角落。

因為……對，都怪我偷懶沒去復健，害我左邊肩膀到現在還是抬不起來。所以這下我也沒轍了。我只能找到自己能做的事。總比什麼都不做來得像話吧，我有說錯嗎——？

——對，這樣就可以了。

只要有這些囉囉嗦嗦的藉口，我就滿意了。

可是，那一次……

——喂！

亞霜嚇了一跳轉過頭來。現在不是看我的時候，妳沒看到那個嗎？妳頭上有個箱子正在搖晃，就快掉下來了！

那是情急之下的反應。我伸出了雙手，有驚無險地扶住了快要砸在亞霜頭上的箱子。

亞霜往頭頂上方看看，「啊。」張口結舌之後說：

——謝謝學長……

——不會……小心點。

剛開始的幾秒鐘，我因為鬆了口氣而沒有察覺。

然後我才發現，一種宛如惡寒的恐怖竄過了背脊。

不只如此，到了下一刻……

我發現，自己的雙臂，可以舉高到肩膀以上——而且一點都不會痛。

——啊。

原來，它早就治好了。

沒有治好的，其實是我。
是就連面對自己，都無法認真的我。

亞霜愛沙◆不敢要求像灰姑娘一樣

排隊等了一下之後，我們兩個進入圓形車廂裡獨處。
排隊的時候，天色已經幾乎黑了。車廂門關上，車廂微微地搖晃著，慢慢往滿天的夜幕轉上去。
「記得妳好像不怕黑？」
坐在我對面座位的學長說道。
「完全不怕。去東京的時候，我還有去站晴空塔那塊透明的地板。」
「真的假的啊。我膽子可沒大到那種地步……」
「學長不是平常就像是待在高處一樣嗎？」
「沒有人會把自己的身高算進去啦。」
我嘻嘻笑著。就像平常一樣。所以，學長一定沒有看出充滿我全身上下的緊張情緒。

我早就決定最後要選在這裡。

雖然選擇神戶的夜景似乎略嫌過度呈現，但就是要老套才浪漫。我覺得這樣有點像是開個小玩笑，更能具體表現我的心意。

啊，可是——事情不會都照我所料。我沒想過自己會這麼緊張。我不覺得自己有辦法好好用言語表達。練習了上百遍的台詞，好像都快要掉到越離越遠的地面上了。

學長。

我們一開始，關係很惡劣對吧？不，恐怕還不只。我們那時候可是連話都沒說過幾句呢。大概是對彼此都不怎麼感興趣吧。

學長。

我們那時明明關係很差，真佩服你還能擺架子給我忠告耶。像你這種人就叫做指示廚喔，知道嗎？這下學到教訓，知道好管閒事不見得都有好結果了吧。因為都怪你那樣做，現在才會被我這樣纏著不放。

學長。

沒想到你其實還滿阿宅的，讓我好吃驚。不過，其實我心裡有點高興，因為能夠跟你分享喜歡的事物。我這麼講可是毫無心機。對，我就是這麼好應付，恰似被辣妹溫柔對待的陰角。可是，請你諒解。當你發現自己跟一個原本不知道該怎麼相處的人其實有共通點的時候，當然會產生親近感，而且比普通情況還要更強烈，對吧？

學長。

學長。

學長——

車廂漸漸接近天空。郵輪在海上航行。大樓群一路綿延到地平線那方。彷彿打翻了珠寶盒般晶瑩璀璨的神戶夜景，無邊無際地擴展開來。

這麼美麗的夜景，是不是也能把我變得美麗？

就讓魔法僅限於此刻吧。我不敢要求能像灰姑娘一樣。只要五分鐘，不，三分鐘。不不，就只限於現在這一瞬間也沒關係，請讓我變成這世界上最可愛的美少女。

好讓我能夠，表達我的真心實意。

「學長——」

那些台詞，都留在地面上了。

當車廂轉到最靠近夜空的位置時，話語自然而然地脫口而出：

「——我希望你，能一輩子看著我。」

因為是真心話，所以毫無自我誇耀。

心願與欲望，直接化作言語。

「我今後的人生，眼中都只有學長一個人。」

夜景的光輝，讓學長的眼睛像萬花筒一樣閃耀。

「我喜歡你——請你，成為我的男朋友。」

當我說出決定性的話語時，車廂突然輕輕搖晃了一下。

可是，無論是我，還是學長，都動也不動，甚至沒有發出聲音。

繁星的光芒，與美麗的夜景，將窄小陰暗的車廂內部，布置得像舞台一樣。

這是只有我們知道的，照亮沉默的聚光燈。

全世界只有我們倆站上舞台。

「……呼。」

學長僵在當場半晌之後，吐出憋住已久的呼吸，整個人重新靠坐到座位裡。

然後，他注視著我的臉。

沒有吊兒郎當，也沒有一副懶洋洋的樣子。認真的表情，一點也不像是會在學校睡午覺的人。

「亞霜，我——」

然後，學長給了我答覆。

伊理戶結女◆答覆

日落的天空，告知了冬天的到來。

我輕輕摩娑自己的肩膀。不知不覺間，已是讓人想加件外套的季節了。白天穿單薄的衣服也還好，但入夜之後還穿秋裝就會覺得有點涼意。當然，我跟東頭同學一起被女生慫恿穿上的辣妹穿搭更是怕會把人凍僵，早就換回原本的衣服了。

「愛沙好慢喔……」

會長看著手機，輕聲低喃。

我們事先已經用ＬＩＮＥ跟大家通知過集合時間。下午四點半，長頸鹿塑像前集合。我們發揮學生會本色準時集合，幾個女生自然而然擠在一起，望向瓦斯燈街的方向等亞霜學姊從那裡過來。

步道上等間隔設置著點亮橘色燈光的瓦斯燈，打造出宛若聖誕季節氣氛的空間，有很多情侶在那裡漫步。我們就是在等亞霜學姊與星邊學長肩並肩走在一起，從那些情侶當中現身。

應該，已經結束了。

雖然沒有問過詳細計畫，但大家原本就預定在這個時候回旅館。所以——亞霜學姊的告白，應該已經結束了。

時間就快到下午五點了。

學長姊遲到了足足半小時，但我們沒有任何怨言，只是等著他們現身。

「——啊。」

會長低呼了一聲。

我比她慢了一點，也看到了。看到在人群當中，有個比眾人高出一個頭的身影。

是星邊學長！

在他旁邊——亞霜學姊穿著上午我們全體出動挑選的約會裝走過來。

「……呼。」

會長嘴唇不再緊繃，呼出一小口氣。

我心裡也興奮飛揚了起來。因為走在瓦斯燈光下的兩人，並未營造出一種尷尬的氣氛。兩人走在碰得到對方手臂的距離內，即使跟周圍其他情侶相比，也幾乎不顯得突兀。

「學姊！」

我們輕輕揮手，主動迎接走過來的兩人。

星邊學長瞥了我們一眼，就默默走向水斗他們男生那邊。

……奇怪？

好像不太對勁……到了這時，我才終於察覺異狀。

「學姊——」

我看看亞霜學姊的臉。

學姊看著我們每一個人的臉……

皺起臉孔……笑了。

「謝謝妳們。」

那是有著笑臉形狀的哭臉。

不用任何人來告訴我們，她那神情已經道出了結果。

伊理戶結女◆一句話就能讓戀愛變詛咒

「嗚哇哇哇～～～～～～！」

亞霜學姊在嚎啕大哭。

同時還一邊泡溫泉，一邊激烈搓揉明日葉院同學的胸部。

「我被甩了啦～！嗚咿，嗚唔！為什麼啦～！」

我才想對現在這個狀況問「為什麼」，但看到亞霜學姊盡情放聲大哭的模樣，想吐槽也沒辦法。被搓揉的明日葉院同學可能也同情她吧，乖乖窩在學姊的臂彎裡不動，偶爾會發出「噫嗚」或是「嗯嗯」之類怕癢的聲音。

「本來以為一定會成功的說～！學長這個笨蛋～～～！」

別看亞霜學姊這樣，在不算短的回程時間當中，她一直忍住沒哭。畢竟有外人在看，更何況她一定不想讓星邊學長看到她的眼淚。

可是，她一溜煙地躲進女湯之後，就立刻變成這樣了。

我好久沒看到一個人這樣嚎啕大哭的場面了——看到這種場面，就會讓我著實不懂東頭伊佐奈怎麼會是那樣。

失戀這種事情，本來是應該會讓一個人如此傷心的。

對感情越是認真，傷得就越重……昨天以前的日常生活，會變得遙不可及。

我的失戀比起學姊有著很長的預備期，所以沒辦法大放厥詞……然而平時那麼可靠的學姊哭泣的表情，（儘管同時也在搓揉別人的胸部）仍然痛切地撼動了我的內心……

「真是怪了……」

會長有些心痛地瞇起眼睛說道。

「平常跟她那麼要好，竟然說不想要她當女朋友。男人心實在是千奇百怪。真不曉得他到底是對愛沙的哪一點不滿意了？」

「我哪知道啦～！噫，呼……我、我說『請你成為我的男朋友』，結果他就說……抱、『抱歉，我沒辦法當妳的男朋友』……嗚哇～！」

「呀嗚！學、學姊停一下，不要這麼粗暴……啊嗯！」

在明日葉院同學身上搓揉的動作變得更為激烈。看來如今只有亞霜學姊最喜歡的學妹胸部的觸感，能夠安慰她的心了。

會長有些不愉快地皺起了眉頭。

「沒辦法當妳的男朋友，是吧？星邊學長也真是的，如果從一開始就沒那個意思，態度就不能再表現得明確一點嗎？」

「只是真要說的話，態度總是帶有暗示的其實是亞霜學姊吧……」

「遜斃了啦～！虧、虧我還演小惡魔演得跟真的一樣～！」

的確是丟臉到讓人無地自容。換成是我的話，絕對會再也不敢面對星邊學長……

會長掀起啪滋啪滋的水聲在溫泉裡移動，輕輕摟住了亞霜學姊的肩膀。

「哭得太厲害會引發脫水症狀的。小生會聽妳訴苦的，妳先別哭了。」

「嗚欸……欸嗚……」

「──嗯呀啊！喂，別這樣！不要連小生的一起揉！」

我苦笑著遠望左擁右抱的亞霜學姊。我要是現在靠近，可能也會遭殃。

「……總覺得，好像在哪裡聽過呢……」

看著看著，身旁的東頭同學深有感觸地低喃了。

「有沒有譜什麼的，實在是不可信呢……到最後只會覺得自己好丟臉，心想『對不起，是我不該自以為有希望』……」

「東頭同學……」

失戀第二天就放下一切的東頭同學，也許在那一天，也像這樣子哭過。

我很難像會長一樣，以朋友的身分來同情她。因為東頭同學被甩，罪魁禍首就是我……

「……對不起。我不該不負責任亂鼓吹妳。」

「沒關係啦，都過去了。況且聽妳那樣說，認為有希望的終究還是我呀……我只是要說，到頭來沒有什麼是十拿九穩的呢。要試過才知道。所以才會讓人那麼害怕……」

我一試之下，成功了。

東頭同學與亞霜學姊卻失敗了。

是什麼決定了成功與失敗？誰能保證我下次也能成功？

我不知道。就是因為不知道，才會害怕……

害怕到會忍不住心想，與其這樣擔心受怕，不如永遠不要嘗試……

「嗚欸……嗚嗚。我辦不到啦，學長……就算你這樣跟我說……我還是，沒辦法，停止喜歡你嘛……！」

明知道沒有希望，卻無法停止喜歡對方。這種簡直有如詛咒的狀態，一個人能夠承受到什麼地步？

更不要說，如果同住一個屋簷下。

我是否……會再次變得討厭他？——就像我跟他剛剛成為兄弟姊妹的時候那樣。

……唉，真是的。

這分明只是想像；分明只是假設。

我卻提早開始羨慕東頭同學了。羨慕她能夠若無其事地回到告白之前的關係，到了讓我莫名害怕的地步。

對於哭個不停的亞霜學姊，我們只能給她千篇一律的安慰話。

唯獨只有曉月同學一個人，對這一切投以傷痛的眼神。

川波小暮◆男女關係

〈亞霜學姊被甩了。〉

看到曉月傳來的ＬＩＮＥ，我還以為我看錯了。

被甩了？亞霜學姊？……被星哥甩了？

我打**〈真假？〉**做個確認，得到的回應是**〈真的。現在大家正在安慰她〉**。看來是真的。

曉月這女的雖然腦袋少掉好幾顆螺絲，但不會撒這種無聊的謊。

我眼睛離開手機，看看房間裡的情形。

「唔喔！喂，羽場你挺有一套的嘛！」

「我玩線上練過。」

「嗚呃啊！喂喂喂，快住手快住手不要追到懸崖外面來！」

星哥正在拿我帶來的遊戲跟羽場學長對戰。整個人看起來跟平常沒有不同。要不是曉月告訴我，我根本不會發現他剛剛才甩掉一個女生。跟他對戰的羽場學長，以及待在牆邊看書的伊理戶，也都表現得像是渾然不覺。

難道這對星哥來說，不是什麼大不了的事嗎？不不，這可不是一個素未謀面的女生跟他告白，是一起混了一年多的學生會學妹耶？我實在不覺得他會冷血到甩了這樣的女生還無動於衷……

〈你可以出來一下嗎？〉

正在這樣想的時候，曉月又傳訊息過來了。

難道是配合我的興趣——不，我看不是。我只喜歡看幸福的情侶，從別人的失戀找樂子不合我的胃口——總之，雖然我不認為曉月會特地把事情解釋給我聽，但總比繼續待在房間裡假裝不知道來得好吧。

「我去買個飲料。」

「喔。」

聽到星哥的簡短回應後，我離開了男生房間。

走過走廊，來到通往樓下的階梯，就看到曉月在樓梯口等我。曉月一看到我的臉，就說「我們去樓下吧」走下了階梯。我一言不發地跟過去。

遠離住客聚集的門廳與會客室等處，曉月在無人經過的走廊上靠著牆壁。視線前方是沉入黑夜的和風庭園。不過她注視的應該不是庭園吧。

我也在曉月身旁背靠牆壁，與她分享同一個視野。

經過短暫的沉默後，曉月輕聲說道：

「亞霜學姊啊，哭得好凶喔。」

「……是喔。」

「平常那麼開朗的人竟然會哭成那樣……不過哭法有點好玩就是了。」

曉月呵呵笑了兩聲，但聽起來有氣無力。

「……你不問我，她為什麼被甩嗎？」

「問了又能怎樣？我昨天才第一次見到她耶。」

「這倒也是……好吧，其實我也不知道原因。真的，就像伊理戶同學一樣，我認識的男生都好怪……我幫這些女生加油打氣，可是她們都被甩了。」

我那時被排擠在外所以不知道，聽說以前東頭也跟伊理戶表白過。當時，這傢伙也有參一腳。結果伊理戶果然厲害，擊退了這傢伙的奸計，把東頭給甩了……難道她覺得，那件事她也有責任？

「我會不會是瘟神啊？身邊的女生都被甩，你又變得不能談戀愛。總覺得好沮喪喔……」

「不要講這些怪力亂神的事啦。這些事情跟妳又沒有關係。」

「嗯，我知道……可是，看到學姊在哭，我就會忍不住去想……以後喜歡上你的女生，大概也都會這樣傷心哭泣吧……」

「………………」

只要我這個體質一天沒治好，不管被誰告白，我都沒辦法接受。

豈止如此，搞不好還會當場吐個一地。想不到比這更糟的拒絕方式了。

而妳——原來認為……

這件事，是妳的責任？

「如果我被罵可以了事就算了。可是被你拒絕的女生，一定不會知道是我害她被甩的。我想你應該會很有女人緣，以後多得是女生會跟你告白。然後你會讓這麼多的女生傷心哭泣。我——我跟你說……」

曉月用一種祈求的語氣，說了。

「我不想讓你變成那種壞男生。」

所以，妳就非得把我治好不可？

為了一些將來會不會出現都不知道的陌生人，硬是要把我的這種體質給治好？

「……我——」

「你就陪我一下嘛。」

曉月不由分說，抓住了我的手臂。

「我想去一個地方……你知道嗎？聽說這裡有半混浴的露天溫泉喔。」

看更衣室裡的狀況，似乎正好只有我們兩個客人。

這個溫泉設計得很奇怪，浴池向前延伸，形成了細長通道。

嘩啦嘩啦地走在溫泉裡，一路往前走，池底會變得越來越深。當茶褐色的混濁泉水深到差不多可以遮住全身上下時，細長通道也到了盡頭，可以看到外面的景色。

說是露天溫泉，實際上是只能從橫窗往外看的半露天型。比起這個更令我在意的是，在我走過來的這個浴池的旁邊，還有另一個浴池。就像是用幾乎與池面同高的石牆，把一座大浴池從中分割為二。

「啊，你終於來了。」

曉月人就在那裡。

她把雙臂擱在石牆上，一臉滿不在乎地湊過來看我。茶褐色的泉水毫無透明度，她的身體完全藏在熱水裡。

在跟她相反的位置有條通道從女湯通往這邊，讓男女可以在這裡會合。不過泡在混濁泉水裡完全看不到身體。原來半混浴就是這樣設計的。

「嘿嘿……脫光光卻看不到，感覺好怪喔。」

「……就是啊。」

女湯那邊跟男湯這邊一樣，沒有其他人在。不知道是太早還是太晚，看來是碰到了祕密時段。

「喂，你不准東張西望想看其他女生。」

曉月半睜著眼說。

「就算有其他女生來，反正也不會讓你看到什麼啦。」

「妳很煩耶。話是這樣說，但還是會忍不住想看啊。」

「你這人對女生其實還是有色心嘛。可是人家一喜歡你，你就要嘔吐，真的超沒道理的。」

妳以為是誰害的啊——這話我沒說出口。

是誰害我變成這樣，這傢伙比誰都清楚。

曉月把手肘撐在石牆上托著臉頰，調侃地笑著說：

「不知道有多久沒跟你一起洗澡了……啊，上次好像才剛洗過喔？在家裡。」

「那是妳自己硬要跑進來吧。在雙方同意的情況下一起洗澡，已經是——」

——我們還在交往時的事了。

在大腦追溯記憶之前，我直接中斷思考。繼續想下去，我會無法維持內心的平靜。

「……以前——差不多還在念小學的時候，我們一起洗澡都覺得很正常呢。」

「小孩子都是那樣啊。那時候以為大家都是那樣。」

「忘記是幾年級的時候了，你忽然跑來問我『女生都是從哪裡尿尿？』——」

「不要再說了！不要故意挖別人的黑歷史！」

「啊哈哈！我那時候還被你嚇哭，然後你就挨爸媽罵了！」

那時候我對一切都還懵懂無知。不懂男女生的差異，不懂何謂戀愛，也不知道我們以後會變成怎樣——

「後來我們為什麼不再一起洗澡了啊？是因為你摸了我的胸部嗎？」

「少在那裡胡謅啦，三八。哪有為什麼，就只是因為長大了，不知道為什麼就不再一起洗——」

不知道為什麼。一切的一切，都是自然而然就那樣了。

不知道為什麼就不再一起洗澡，不知道為什麼就不再一起上學，不知道為什麼進了教室也不再講話，不知道為什麼——就成了戀人。

沒有決心，也沒有責任感，什麼都沒有。哪個國中小鬼頭不是那樣，一被女生表白就瞬間失守，智商變得比猴子還低，沒想清楚就緊抓機會不放。可是一旦事後發現跟想像的不一樣，又馬上開始鬧脾氣。

那時候的報應，我到現在還在承受。

「——欸，有沒有很興奮？」

曉月淘氣地笑著，說了。

「跟變成女高中生的我混浴……跟我說說感想嘛，川波。」

「……妳白痴啊？」

我嗤之以鼻。

「剛剛不是才講了一堆往事？現在再來跟妳一起洗澡，會興奮才怪——」

我現在，沒那時候那麼無知。

學會了何謂男女關係、戀愛、決心、後悔、辨別事理……

受夠了教訓，才有現在的我。

戀愛不是用來談的，是用來看的。

這個答案——仍然沒有改變。

「……是嗎？」

曉月的回應，彷彿別有深意。

就在我起了疑心時，曉月離開分隔男湯與女湯的石牆，弄出嘩啦啦的水聲，走向可以看到外面的大橫窗那邊。

然後，把手放在窗前石造浴池的邊緣。

「嘿咻。」

嘩啦——一聲。

水花四濺。

從茶褐色的混濁泉水中，出現了白皙的背、腰、臀部——

當著目瞪口呆的我面前，曉月把身體轉向了我。

一絲不掛。

坐在浴池的邊緣，背對染上夜色的窗戶，向我展現她濕漉漉的水亮裸體。

臉上仍帶著笑容。

曉月略微偏頭，重新說了一遍：

「真的……不會興奮？」

那嬌小的體格，跟國中時期幾乎沒什麼改變。

藏在衣服底下的身體，卻早已發育成熟。從腰部到臀部的線條，還有乍看之下一片平坦，其實仍然渾圓的胸部形狀——帶有女人味的身體各處曲線，明顯地比以前更多了。

個頭像小孩一樣，臉蛋純真童稚，卻依然嫵媚動人。

至少我——很不幸地，有了這種感受。

「……為什麼……」

感覺到身上即將冒出蕁麻疹，胃裡一陣翻騰噁心，我呻吟著說。

「妳為什麼……要做到……這種地步啊……」

是疑問，還是懇求？

腦袋燒壞到低於猴子以下的智商，連捫心自問都沒辦法。

「我其實，能維持現狀就滿意了……跟妳算是和好了……像以前一樣，變回了個性合拍的兒時玩伴……我本來還覺得，這樣也不錯啊……！」

我自己都覺得聲音聽起來帶有哭腔。

自己都覺得活像一個小鬼頭哭哭啼啼。

「但妳為什麼——偏偏要毀掉這一切啊！」

完了。

無憂無慮的時光，要結束了。

一想到這點，我就覺得難過、生氣，腦袋亂成一團。

曉月好像覺得很為難，眉梢稍稍低垂下去。

「……我有毀掉什麼嗎？」

「有啊，這還用說嗎……！因為，妳如果這樣對我——」

如果讓我看到這樣的妳。

「——我以後，就只能把妳當成女人了。」

在腦海深處，某種火花連連迸散。它從內側覆蓋我的大腦，改寫稱之為理性的部分，染上動物本能般的色彩。

不要，我不要！我受夠了。我不想重蹈覆轍！噁心死了，噁心死了，噁心死了噁心死了噁心死了！拜託，讓它在我心中維持美好形象。讓我繼續把男人、女人、人類看得更美麗。讓我相信這一切全都既可貴、可愛、高尚又美麗！

就像小時候的——回憶那樣。

「對不起，小小。」

但她是如此無情。

「被你這麼說，我……高興到不行耶。」

一看到她靦腆的笑容，我摀住了嘴巴。

我無言以對了。連把頭抬起來都沒辦法。嘩啦啦地，我沿著來時的方向，走出寸步難行的溫泉。

「……該死……」

即使如此，畫面還是沒有消失。

曉曉的裸體，已經烙印在我的腦海裡。

「……該死，該死，該死……！」

腦子好像變成了心臟一樣激烈搏動。

喉嚨乾渴到受不了，呼吸怎樣就是無法恢復平順。

本來不想走到這一步的。

我很想一直當個孩子。

希望能夠沒有男女之別，繼續跟她做普通的青梅竹馬。

可是——它不肯消失。不肯消失，也不肯淡化。

些微發熱泛紅的肌膚、如和緩丘陵般隆起的雙峰尖端，以及從緊緻大腿的隙縫間若隱若現的——

「——王八蛋……！」

歷歷在目。無法不去回想。

這項事實，證明了我們已經無法回到從前。

伊理戶結女◆全力以赴的回報

我探頭過去，看看窩在棉被裡睡得香甜的亞霜學姊。

「……一定是哭累了吧。」

「大叫、大鬧、藉吃消愁、睡覺……簡直跟小孩子沒兩樣。」

明日葉院同學有點傻眼地說。學姊的睡臉的確稚氣未脫，簡直好像我們才是學姊。

「不，應該是小寶寶才對。所以才會對胸部那麼執著。」

「對啊，她到了最後還哇哇哭鬧……」

「……原來所謂的戀愛，會讓一個人變得這麼瘋狂啊。」

聽到明日葉院同學喃喃自語般說道，我盯著她看。

「妳覺得很難置信？」

「這個嘛……是會覺得，好像沒必要鬧成這樣。」

「好吧，我也覺得像亞霜學姊鬧得這麼凶的應該只占少數……」

我苦笑起來。洗完澡之後吃的那頓晚餐，亞霜學姊也完全是在藉吃消愁。

「不過……我自己也覺得很意外……其實我……有點在生氣。」

「生氣？」

「生星邊學長的氣……我不懂他為什麼一定要拒絕跟亞霜學姊交往，害她哭得這麼慘。」

「……這樣呀。」

看會長之前的表情，似乎也是這麼覺得。站在與亞霜學姊要好的立場，會有這種感受是難免的吧。

至於我……可能是以前曾經害別人失戀過的關係？會忍不住去想，或許星邊學長也有他的苦衷。

「真是不可思議……」

明日葉院同學低頭看著像孩子一樣沉睡的亞霜學姊，說了。

「我明明就不在乎什麼戀不戀愛的……可是看到有人痛哭成這樣，又會覺得有點心軟。」

會想到就像我拚了命念書——這個女生，或許也是拚了命在談戀愛。」

「……對呀，我能體會。看到有人全力以赴——認真地面對一件事時，我懂那種想去站在他那邊的心情。」

「認真……」

明日葉院同學呢喃著玩味這個字眼，說：

「不知道星邊學長……面對事情有多認真？」

「咦？」

「我……從來沒看過星邊學長認真努力去做某件事情。雖然說既然都當上學生會長了，能力一定很優秀沒錯……」

「這……」

我知道星邊學長的肩膀出了問題。

雖然不是很清楚，但很可能是受過傷……讓他不得不放棄某件事情。

「亞霜學姊一直在問……『為什麼』。」

明日葉院同學像媽媽一樣，摸了摸促使她加入學生會的學姊的臉頰。

「會不會是學長不肯把理由告訴她？沒有把理由——告訴她？辜負了亞霜學姊……這麼認真的態度。」

為什麼，為什麼，為什麼？

像是發高燒時說的夢話，亞霜學姊不斷地重複這幾個字。

「我沒辦法當妳的男朋友」。她說學長是這樣跟她說的。可是，她一直沒提到學長有沒有跟她解釋過，為什麼不能當她的男朋友。

假如就連亞霜學姊，都沒能聽到星邊學長親口說出理由的話——

「——……我好像，也開始有點生氣了。」

假如在甩掉東頭同學的時候，水斗完全沒說出理由——就算那個理由是我本人，我大概也會很生他的氣。

也許有人會覺得是她自己要喜歡上對方然後告白的，這樣很不講理。可是，要對方負起這點責任也不為過吧？告白的人必須向理所當然地存在到現在的感情告別——你好好送人家最後一程，也不會怎樣吧？

希望對方能用真心換真心，很奇怪嗎？

「妳們兩個。」

忽然間，紅會長對我們說了。

「小生先把話說清楚，妳們可別去逼問星邊學長喔。那樣會害愛沙二度丟臉。」

「這……我明白，可是……」

「這事終究只是愛沙跟星邊學長之間的問題。我們幾個局外人冒昧地多管閒事就錯得離譜了。」

會長說得很對。她跟亞霜學姊交情最久，一定比我們都要更生氣，但我們的會長面對這事還是不失冷靜。

可是，如果是這樣，那到底該怎麼做才──

「──……既然是他們自己的問題，讓他們自己把話講開不就好了嗎？」

突然間，有人輕聲拋出了這句話；不是我或明日葉同學，也不是會長。

是東頭同學。

「又不是說告白被拒絕，關係就斷了……所幸明天還有一天旅遊行程，這樣不是剛好嗎？」

東頭同學「欸嘿嘿」靦腆地笑笑，說了：

「根據我個人的經驗，告白從第二次開始，會比第一次輕鬆很多喔。」

在場就屬東頭同學跟這件事最無關，她的看法卻最具有說服力。

……真是，我還是沒她厲害。

擺出經驗人士的態度給她建議，好像已經是很久以前的事了。

「……原來如此。呵呵……原來如此啊。」

會長心情愉快地吃吃笑著，晃動著肩膀。

「的確，沒道理才失敗一次就得放棄。而且愛沙平常一直被學長嫌煩，也完全沒有氣餒啊。呵呵……哈哈哈！說得的確沒錯！」

會長好像被戳中笑點了，大聲笑了起來。

明日葉院同學露出困惑的神情，看看會長，看看東頭同學，再看看我。

「呃……這樣好嗎？」

「哎……也沒什麼不好吧？」

如同死纏爛打的男生會被討厭，死纏爛打的女生或許也一樣，不過……

反正以亞霜學姊的情況來說……她平常就已經很愛纏著學長煩他了。

「好……既然事情已定，就趁現在來開作戰會議吧。」

說完，紅會長大剌剌地在棉被上盤腿而坐。

「明天——我們要讓愛沙，在六甲山跟學長重新告白。然後，一定要逼得那個沒種的假木頭人說真話。」

「原來會長妳比我想像的還要嚥不下這口氣啊……」

就這樣，女生房間的夜漸漸深了。

羽場丈兒◆最後一天的狀況

隔天早上，到了旅行的第三天——最後一天。

我們在旅館辦好退房手續，事先把行李寄回自己家裡，然後徒步前往目的地的車站。說是車站——但並不是電車站。

是空中纜車。

從有馬溫泉有空中纜車直接通往六甲山山頂。今天的行程就是搭那個把山頂觀光過一遍，然後從另一個車站搭地面纜車下到山腳，再從最近的車站搭車回京都。

「本來還想去竹田城跡看看的，但從這邊過去太遠了，還得爬幾十分鐘的山，這次人比較多就作罷了。」

這是企劃者紅同學的說法。

接著她又對我說：「下次就我們兩個一起來如何？」我先回答她：「是要我提行李的話可以。」——隨便亂拒絕反而會點燃她的動力。

從空中俯瞰，秋日的六甲山染上了一片燃燒般的深紅。彷彿走在燎原之火中的新奇體驗，讓人覺得不虛此行。

本來如果一切順利，現在亞霜同學應該已經黏著星邊學長，興奮地叫鬧了。

然而現實情況卻是兩個人分別從不同的窗戶，俯瞰視野下方的山陵。亞霜同學豈止不吵不鬧，甚至都等伊理戶同學或南同學說話才回個一兩句。

不用讓我來看，誰都知道這是怎麼回事。

按照亞霜同學的預定計畫，今天本來應該是成為情侶之後的第一次約會。所以風景越是美麗，本來可能存在的另一種現況或許就越是在腦中閃現，讓她無法純粹欣賞景色。

而另一方面——還有另一對男女令我介意。

也就是正在跟星邊學長說話的川波同學，以及找亞霜同學講話的南同學。

這兩個人，從今天早上到現在完全沒有半點對話——應該說就我看來，像是川波同學單方面地躲著南同學。

「…………」

我忍住不嘆氣。

雖然本來就覺得這趟旅行不會太輕鬆，但沒想到會預測得這麼準。

所謂的男人與女人，真的是只要一起行動就絕對沒好事。

撫摸揉捏撫摸揉捏。

亞霜學姊一心一意地撫摸搓揉綿羊的毛。

我們搭乘空中纜車抵達六甲山頂站之後，先把周邊的異國風情區域、伴手禮店以及可以眺望美景的露台等等都逛過了一遍。

要送給坂水同學她們還有媽媽他們的伴手禮都買好了，收穫是很豐富，可是亞霜學姊還是一樣無精打采……

離開能夠將神戶一覽無遺的露台後，學姊慢吞吞地說了：

「我想去牧場。」

六甲山上有一座牧場，從附近的公車站搭公車搖晃個二十幾分鐘就能抵達。這座整頓布置得有如主題樂園的牧場，到處都有用柵欄圍起的放牧場，一些綿羊、山羊或是乳牛等等，在這裡自由自在地生活。

我有聽說過，一個人只要瀕臨崩潰邊緣，就會想從動物身上尋求療癒。

而亞霜學姊一看到在牧場內闊步而行的綿羊，就步履蹣跚地被吸引過去，開始撫摸羊毛摸到不肯停。

「呵呵呵……你好柔軟喔……不像我是個瘦排骨……」

明明應該正在受到療癒，亞霜學姊嘴裡卻發出詭異的怪笑。

還不只是綿羊。

她看到荷蘭乳牛也在牠身旁蹲下，說：

「呵呵呵……妳胸部好大喔……我要是像妳一樣，或許就不會這麼慘了……？」

看到可愛的兔子則是眯起眼睛，望著牠們說：

「呵呵呵……我要是也像你們一樣可愛的話就好了……」

簡直令人不忍卒睹。

動物與女高中生的組合，怎麼會令人看了如此心痛？

亞霜學姊一邊呵呵呵呵地笑著，一邊撫摸圓滾滾的安哥拉兔。

「啊……好軟喔……好溫暖喔……我開始想養寵物了……拜託媽媽讓我養隻貓好了……」

「「「千萬不可以！」」」

這個我也有聽說過！聽說一個人只要開始養寵物，就會結不了婚！

沒把我、曉月同學與會長的齊聲吐槽放在心上，亞霜學姊只是一個勁地發出怪笑，撫摸搓揉著兔子。病情真的很嚴重……

「……愛沙。」

就好像要通知員工裁員的消息那樣，會長把手放到了亞霜學姊的肩膀上。

「我們幾個之前談過，做了一項決定。方便聽小生說一下嗎？」

「嗚欸？什麼事……？」

「我們等一下會回到車站那邊吃午飯。然後搭地面纜車下山，直接返回京都。但是在這中間，我們要追加一個行程。」

我們胡亂介入，一定只會把狀況越弄越複雜。

我們這些局外人能幫她準備的，也就只有時間了……

「剛才散步過的花園露台附近，有一座滿漂亮的塔樓，是用來讓人從山上瞭望景色的展望台。塔頂空間沒有很大，沒辦法容納太多人。」

「咦？呃……什麼意思？」

「妳跟星邊學長兩個人一起去吧。」

「……欸？」

亞霜學姊發出了破音的怪叫，兩眼都驚呆了。

「星邊學長那邊小生會幫妳解決。總之，妳去那座塔的塔頂就對了。在那邊把想問學長的事情問清楚。」

「想、想問的事情……我都被他甩了耶！」

學姊的大嗓門，把兔子都嚇跑了。

「我根本不敢面對他……也不知道該跟他說些什麼……事到如今，還有什麼好問的……！」

「但妳之前不是一直念著『為什麼』嗎？」

明日葉院同學這樣說，像是逼她面對問題。

「妳應該很想知道吧？就算不能在一起——至少會想了解星邊學長的想法吧。」

「這……是沒……錯……」

就算，不能夠在一起。

他心裡在想什麼——把這點小事說清楚，當成臨別的禮物也不會怎樣吧。

「事到如今就不要畏畏縮縮的了，亞霜愛沙。」

會長用力抓住亞霜學姊的肩膀。

「學長要是會為這點小事討厭妳，妳老早就被討厭了。小生有說錯嗎？」

「……沒有……」

「妳喜歡的男生，不是連甩掉女生的理由都說不出口的窩囊廢。小生有說錯嗎？」

「……沒有……！」

「好吧，就算萬一妳或我們都搞錯了……」

會長就像平常那樣吃吃地笑著，說：

「至少小生會幫妳收拾殘局的。蘭同學的胸部隨妳摸到飽。」

「咦！會長！」

我們都大聲笑了起來。

沒錯。不過就是失戀，死不了人。

失戀心碎之後，應該也會綻放另一種笑容。

「…………嗚唔…………！」

亞霜學姊的眼中，堆滿了淚水。

「我……可以這樣做嗎……？真的可以……再掙扎一次嗎……？」

「妳真傻。小生剛才不是就說了？」

會長輕戳了一下亞霜學姊的額頭。

「打從一開始，就沒有人特別准許過妳的死纏爛打啦。」

所以妳不用想那麼多，不用怕東怕西。

因為這份勇氣——早就存在於學姊的心裡了。

川波小暮◆可貴

「唉……」

山上的空氣分明是如此地清新怡人，我嘆的氣卻沉重萬分。

走我旁邊的伊理戶看我一眼……什麼都沒說就繼續走他的路。

「喂，你好歹也說點什麼吧，伊理戶小老弟。」

「要我說什麼？」

「你明明看出來了！看出我現在鬱悶得很！身為朋友連句關心都不會說喔！」

「不會。」

「這麼無情！」

真是個不講義氣的傢伙。明明對東頭過度保護成那樣。

不過好吧，他如果真的來關心我，我也無話可回就是。

頂多只能回一句「沒什麼」吧。被這麼個臉上寫滿隱情的傢伙那樣回答，如果是我的話會覺得很火。會心想「那你就別表現得這麼明顯啊」。

真要說起來，這種事其實也沒辦法找人商量。

我很討厭自己忍不住把兒時玩伴當成女人看待——我看這種事情不管怎麼找人商量，都沒有人會懂我的心情。就算把昨晚在溫泉發生的插曲說出來，也只會被認為在曬恩愛。但如果對方只是表面上裝做感同身受或是同情我，我又有可能當場情緒爆發。

伊理戶大概是顧慮到我的這些心情，才會選擇保持沉默吧——就當作是這樣好了。

……現在想想，我還真沒找人商量過自己的煩惱。

只有聽過別人傾訴煩惱，自己卻從不開口——這是否表示我很孤僻？表面裝得友好親切，其實跟他人總是劃清界線？

從這方面來說，曉月那傢伙可能也跟我很像。

我也無法想像那傢伙找人傾訴煩惱的模樣。事實上，就連我的這種體質，她應該也沒跟任何人提過。

與其說是青梅竹馬，更像是兄弟姊妹。

這樣一想，就覺得我的這種心情其實也很合理。如果有人發現自己會對姊姊或妹妹興奮，當然會覺得這樣的自己很噁心了。

我們之間只有一點，跟兄弟姊妹不同的是……

我曾經有過一段時期，對那傢伙感到興奮，而且心裡不抱任何疑問。

而我也曾經忽視這個事實，單方面地把那傢伙罵到臭頭，狠狠甩了她。

「……學長，方便打擾一下嗎？」

這時，學生會長去找待在稍遠處的星哥說話。

那些女生之前都是集體行動，現在卻只有她一個人。不知道是怎麼了？

我感到不解，但下一句話解除了我的疑問。

「愛沙有話要小生代為轉達。」

喔……原來是這樣。

亞霜學姊，還是沒有放棄啊。

「她說——我在『眺望塔』等你。請你一定要來。」

一定。

為了加上這兩個字，不知道需要多大的決心。

我沒傲慢到自以為有辦法推測女生的心理，但我知道這絕不是能夠輕易說出的兩個字。可以的話，不介意的話，有空的話——可以設的防線多得是。若無其事輕鬆帶過的可能性，要多少都能做得出來。

這樣最輕鬆。

總之目前就先到此為止。先等一段時間讓腦袋冷靜下來。就用這些藉口，把眼前巨大有如高牆的重要問題延後處理，之後再滑頭地直接閃過。

應該辦得到才對。明天，或是後天，在學校碰面時，照以往那樣上前搭話就好。只要做這一個動作，至少表面上，就能回到告白之前的日常生活。對亞霜學姊來說，應該沒有比這更甜美具誘惑力的選擇了。

而那位學姊，拒絕了這個機會。

選擇——面對高牆。

不像我昨晚……只會選擇逃避。

——戀愛實在沒什麼好談的。

有太多事令人傷心。有太多事令人厭煩。會讓人不安、暈頭轉向、自我厭惡，做什麼都不順遂。不如單純做個旁觀者來得有趣多了。

正因為如此。

敢於面對這一切的人——才會如此可貴。

「……啊——」

星哥調離了視線。

然後搪塞敷衍般地說了：

「抱歉……請妳幫我回絕亞霜。就跟她說我沒什麼話能對她說——」

不對。

不對吧。

這樣應該是不對的。不該是這樣的。這樣應該是錯的。

這些話——都不是你該做出的回答。

「——會長。」

在這一刻，我脫離了ＲＯＭ。

「請會長放心。我一定會把星哥帶過去。」

一回神才發現，我已經從背後抓住了星哥的手臂，講出了這句話來。

「喂，川波，你怎麼自作主張啊？」

「對不起。但我這人天生只肯接受美好結局。」

「嗄啊？」

「星哥——當一個人對你認真時，你也應該認真回應才對啊。」

唉，我怎麼有臉講這種話？厚著臉皮，恬不知恥，吃了熊心豹子膽才能這麼不要臉。這就叫做厚顏無恥。自己最沒做到的事情，還敢來要求別人。要丟幾個迴力鏢來打自己才過癮啊。

可是——

「——星哥，你不是說過嗎？聊到你國中的時候……說你覺得那個女生敢告白，是真的很勇敢。」

「……這……」

「你覺得哪個比較厲害？一個是跟你不熟的人碰運氣告白看看，一個是把至今的關係放在天秤上比較，結果還是決定告白。你覺得哪個比較勇敢？」

對，那樣做應該是需要勇氣的。

十年。

放棄當了這麼久的青梅竹馬關係——選擇成為戀人。

「假如你是真的覺得這樣很勇敢——那麼不管來多少次，你都應該……好好陪她才對吧？」

而不是退卻、逃避，安於現狀。

「拿出點魄力給我看看吧——學長。」

轉身背對認真面對你的女生……那樣，真的遜爆了。

會長默默地把話聽完，「呵呵。」輕聲笑了一下，抬頭看著星哥。

「可得給學弟做個好榜樣才行呢，會長。」

「……我已經不是會長了。」

星哥低聲喃喃說完之後，「啊——該死！」火冒三丈地咒罵了一句。

然後……

「我去總行了吧，去就去！」

好像變得自暴自棄般地說了。

「我沒窩囊到都被講成這樣了還能逃避啦——真該死。我認識的學弟妹怎麼都這麼雞婆啊？」

「應該是被學長潛移默化教出來的吧？」

說完，會長吃吃地笑了兩聲。星哥的確也滿愛管閒事的。

「唉——！」星哥大嘆一口氣，看著我們。

「那就這樣了，我去一下。羽場，剩下的人就你年紀最大，要把一年級的盯好，知不知道？」

「咦？不是，會長——」

「叫你做你就做。還有我不是會長。」

單方面丟下這些話之後，星哥就移動他那雙長腿，往公車站的方向走去。

他那背影，看起來似乎比剛才，大了那麼一點點。

「……你本來不是ROM專嗎？」

伊理戶帶點傻眼的態度說了。

我聳聳肩，說：

「我有時候也會鬼迷心竅一下。」

——戀愛實在沒什麼好談的。

可是——如果緣分到了，那也沒辦法。

星邊遠導◆全力以赴

一抽，一抽——肩膀隱隱作痛。

是左肩。平常不需要特別擔心。它不是慣用手，完全不會影響到日常生活。打預防針的時候感覺都還比它明顯。

即使如此，偶爾還是會覺得刺痛。

一痛起來，就會跟著想起一個畫面。遙遠的籃框——不管怎麼伸長都搆不到籃板的手

——慘敗的學長們——簡直就像巴夫洛夫的狗。深不見底、巨大無邊的無力感，竟與疼痛緊緊交纏得密不可分。

就好像在對我說，這是注定的結局。

每個人都有自己的身分。如果高舉自己配不上的理想，越是勉強硬撐，就會受到越大的教訓。除非是像紅那種天才，否則那個上限其實意外地近在眼前。

所以，隨時要保留餘力。

這樣才能因應任何變化。遇到危險才能及時撤退。必須行有餘力，從容不迫，留有餘地才行。

反正——就算全力以赴……

也只會收到慘痛的惡果。

「……嗨。」

在狹窄螺旋階梯的頂端，那傢伙正在等我。

跟昨天不同款的輕薄長裙隨風飄動。雖然衣服就跟平常一樣，是皺褶偏多的地雷系，但不像平常那樣讓人看了都害臊。也許是因為沒有配戴任何飾品的關係？從她的身上——看不到平常那種想成為矚目焦點的企圖心。

亞霜按住頭髮轉向我這邊。

在她的背後，如砂礫般細小的神戶街景，遼闊無邊地鋪展開來。到了晚上，想必會變成一片美麗的光海吧——如同我們從摩天輪看到的夜景。

不知是不是中午時段的關係，周圍沒有其他人。就算有人在，亞霜可能也會就這樣等到所有人都離開。她那幾乎是面無表情的容顏，確實蘊藏著這麼大的決心。

「……你來了，學長。」

「對啦——被紅還有另外一個人要脅。」

感覺他們在逼問我——你打算就這樣，一輩子活得像個遜砲嗎？

我當下沒能回嘴。光從這一點，就可以說我承認了自己很遜。

……很遜又怎樣？

我本來是這樣想的——但是看來，我還是很想要耍帥。

「……我先聲明。」

我驅策自己變得沉重的心情，動嘴說道。

「不管妳跟我告白幾次，我的答覆都不會改變。」

亞霜有些落寞地笑笑，說：

「那也沒關係。我不認為你是那種昨天講的話今天就變卦的人——再說嘛！仔細想想，其實從以前到現在我也等於是被你甩掉無數次了，其實沒差多少，對吧？」

「以前的那些，根本都只是玩笑話好不好……」

「是呀……可是，這次，我是認真的。」

認真的……是吧。

「學長……以往不管我怎樣有事沒事纏著你，你都還是會理我，對吧？」

「因為我如果不理妳，妳會纏我纏到我懶得理都不行。」

「既然這樣，你就順便告訴我嘛……你為什麼不肯跟我交往？你就這麼……排斥跟我變一對嗎？」

唉，我嘆一口氣。

神戶的位置那麼低，蔚藍的秋日天空卻遠得無法觸及。

「我也……沒有覺得很排斥。」

我已經找不出藉口了。

「我是覺得妳很煩，但並不討厭妳。是會懶得理妳，但不到精神疲勞的地步。跟妳聊天的時候……感覺就是這樣。當然……有時候，也是真的很開心。」

「可是……還是不行？」

「……對，不行。就是這樣。」

話一講出口，就感覺牙齒後方滲出了一股苦味。

「不是妳有哪裡不好。這個恐怕是……我這邊的問題。不管是誰……就算有個比妳跟我交情更好的女生跟我告白，我大概也會回答一樣的話吧……我沒辦法跟妳交往。我的這個答覆，不是說妳沒有資格——對。整件事說起來，其實是我沒有那種能力。」

我沒辦法跟人交往——沒有能力跟人交往。

我沒有那種能力跟人成為情侶，作為男朋友跟對方交往下去。

「那種人際關係，超出了我的能力範圍。我無法勝任。就算真的跟妳交往了，我也一定當不了妳想像中的男朋友。」

就像國中時期的那個女生。

妳也一定會覺得，這跟妳想像的不一樣。

「所以，我沒辦法跟妳交往。正因為對象是妳——所以我想趁我輕率的行動傷害到妳之前，先把事情說清楚。」

我自己，都有點嚇一跳。

我竟然說——正因為對象是妳？

到這時候我才發現，這個學妹在我的心目中，意外地占據了很重的分量。

話雖如此，結論還是不會改變。

因為不管對方是什麼樣的人，我就是沒有那份力量。

「…………少……」

「嗯？」

亞霜好像說了什麼。

我側耳傾聽那句被山風吹散的話語……

「──跟我胡說八道………了啦啊啊啊啊啊啊啊啊啊啊啊〜〜〜〜〜〜！！！」

──了啦啊〜〜！了啦啊〜〜！了啦啊〜〜……──

大到形成山間回音的嗓門震得我身體後仰，險些沒從塔頂上摔下去。

我摀住刺痛發麻的耳朵，向氣沖沖地聳起肩膀、鼻子呼呼噴氣的學妹抗議：

「不……不要嚇我啊！很危險耶！」

「誰管你啊！摔下去算了！像你這種膽小鬼學長！」

亞霜邁著大步逼近過來，從腳尖快要相撞的距離抬頭瞪我。

「還以為你有什麼理由咧，竟然說沒有跟人交往的能力？你剛才是不是說，你不能跟我交往是因為當不了我想要的男朋友？你這個處男誤會得也太離譜了！」

「嗄……？」

「我啊！並不是希望學長變成男朋友！是我的男朋友！一定要是！學長來當！」

「…………嗄啊？」

這有什麼差別？

看我只會丈二金剛摸不著頭腦，亞霜好像拿我沒轍似的嘆了口氣。

「聽好嘍，學長？假設真的開始交往了，我也不會要求學長做什麼跟以往不同的事。我只想跟你聊聊天、玩玩電動，偶爾做做飯給你吃——這些都跟以往沒什麼不同。」

「呃，嗯，是啊……」

「我喜歡上的，就是學長平常的這種樣子！例如你雖然嫌煩但還是會好好聽我說話、玩電動時會露出『糗了』的表情，還有看到我煮的飯反應平平但是會吃完；我就是喜歡你的這些地方！」

「是、是喔……真佩服妳說這些都不會害羞……」

「既然話都講開了就用無防禦戰術啦！什麼小惡魔，我裝不下去啦！」

果然只是裝出來的啊。

「這樣你懂了嗎！我喜歡的不是『變成男朋友的學長』！我是喜歡『學長』喜歡到了沒辦法的地步！我是希望這樣的『學長』來坐『我的男朋友』這個位子！坐在可以比任何人都看到更多的我！近距離看著我的特等座！」

……不是變成男朋友的我……就是要我。

「聽妳這樣說……我是很高興啦。」

「就這樣？」

「這樣還不夠？」

「不夠。我想聽到的，是學長的真實心聲。是你的——真心話。」

……真心話。

「學長。」

亞霜把手貼在自己的胸前，湊過來看我的眼睛。

「請告訴我，你有多喜歡我。」

我不苟言笑地回望著亞霜的眼睛。

我只能這樣做。

就像被她緊緊抓住，我無法轉移目光。

「……前提是我喜歡妳就對了？」

「你剛才自己說不討厭我的呀。」

「不討厭不代表就是喜歡吧。」

「可是，你並不是對我完全沒感覺吧？」

「這……」

「那應該舉得出一點喜歡的地方吧？請告訴我是哪些地方。就像我剛才說的那樣。」

我無路可逃。

左右兩邊都只有綿延不斷的山陵，除非我能飛天，否則別想逃跑。

「……比方說，意外地還滿會照顧學妹的？」

「還有呢？」

「啊——……很會做菜。」

「還有呢？」

「長……長得很可愛。」

「還有呢！」

「還要喔？我想想……一決定要做就會認真做……」

擠出這個答案後，亞霜露出滿意的微笑。

「第四個……比我講的還多呢，學長？」

「明明是妳逼我講的好不好！」

「就算是這樣——我還是有些地方讓你喜歡嘛。」

……對啊，的確是。

雖然一直到現在，我想都沒想過——

「雖然我想，你討厭我的地方，大概也跟喜歡的地方一樣多，但之後慢慢改過來就好了。畢竟我可是認真的——已經充分做好染上男朋友色彩的準備了喔。」

「……假如我喜歡辣妹妳就要變成辣妹嗎？」

「小事一樁。」

「假如我是個全身上下充滿獨占欲的控制狂呢？」

「我會把學長以外的聯絡方式全部刪掉。」

「假如我是同性戀呢？」

「我去動手術變成男生。」

這個總不會是說真的了吧——我心裡這麼想，但此時的亞霜有種魄力，讓我無法一口否定。

亞霜微微偏頭，說：

「都說這麼多了，還是不行？」

被她這麼問，我想了想。

想想至今從未思考過的部分。我這個人，更深層的部分。

「……對，不行。」

結論還是沒變。

「無論妳變成事事怎樣迎合我的女人，總歸一句話，我還是應付不來。就算妳對我別無所求——我還是沒辦法……想從妳身上得到些什麼。」

我該跟她要求什麼？

身體？自尊？兩者對我來說都很難理解。

如果我並不特別想從她身上得到什麼，那維持現狀也沒什麼差別。

「學長想要的是什麼？」

我想要的，究竟是什麼？

「不知道……早在很久以前，我就搞不清楚了。」

「是這樣嗎？但我覺得，我好像知道你想要什麼。」

亞霜從我的正面繞到我身旁，眺望從山頂悠然鋪展的景色。

「我啊，在小學的學習成果發表會上演過主角。那次經驗讓我體會到了成為矚目焦點的快感。從此以後，我這輩子每天都在想『好希望有人來注意我喔～！』」

「……那可真是根深蒂固。那妳怎麼不去當女演員？」

「真的，就是啊。當時的我，其實也有想過喔。可是……就是無法認真起來。」

亞霜帶點自嘲的調調，微微一笑。

「成為矚目焦點是很好玩沒錯，但那種樂趣並沒有大到能讓我賭上人生。我只是有那種欲求，既沒有熱情也沒有才華——就只是一條小池塘裡的大魚，連我自己都覺得可悲。我那時明明還小，卻連自由自在地懷抱夢想都不敢。」

「所以……」她說。

亞霜仰望純淨無塵的天空。

「我一直很想得到一個——能讓我認真起來的事物，甚至不參雜想受人矚目的雜念。」

啊——忽然間，那些光輝燦爛的回憶閃過腦海。

一心只是著迷地追著球跑，以籃板為終點的，那段時期。

「學長，我應該已經說過很多遍了吧。**我已經找到了**。」

我是認真的——這話亞霜說過了無數遍。

「學長你——是不是也該認真起來了？」

好藍。

好藍。

好藍。

一片澄淨的秋季晴天。

……亞霜，妳真的很厲害。

妳沒有灰心，沒有屈服，沒有找藉口，沒有敷衍了事。

像上籃一樣直率，像灌籃一樣強勁。

妳把我，帶到了這樣的地方。

妳很厲害，真的。

是真的，很厲害。

而我——是妳這個厲害女生的學長。

我慢慢地，舉起左手。

從下面舉到前面，再從前面舉到上面——

彷彿被針扎了一下，有種刺痛感。

不過，左臂的動作沒有變鈍。

我早就知道了。

痛楚都是幻覺。

記憶都過去了。

沒有什麼事物，能束縛現在的我——

——我把左手，遠遠地，伸向天空。

在山上的塔頂。

天空看似與我如此貼近，卻一點也搆不到。

——啊，是啊。

比起這片天空——小小籃球場上的籃框，就在眼前。

「……哈哈。」

幻痛消失了。

明明近在眼前……卻曾經遠在天邊。

「學長？」

我聽見亞霜納悶的聲音。

我握緊左手，就像要抓住那個聲音。

「不能再讓妳……看到我這麼遜的樣子了。」

我把握緊的拳頭，放下到胸前打開。

當然，手裡什麼也沒有。

什麼也沒有，但是感覺不用多久，就能再抓住些什麼了。

「亞霜……謝謝妳。」

「咦？」

「多虧有妳，我有點醒悟了。」

想抓住的事物立刻就決定了。

我抓住亞霜的肩膀，強勢地把她抱向自己。

「呀啊……啊？」

「是妳叫我認真的吧？」

我感受著亞霜纖細、柔軟而溫暖的身體觸感，在她的耳邊呢喃。

「不要讓風蓋過我的聲音，聽清楚了。我啊……看來是真的，很喜歡妳。」

「咦？咦！」

像這樣跟她在一起，我就明白了。

不只是因為她現在，解救了我的心。

之前的確覺得她令人放心不下。但是同時，我也覺得她是個堅強的傢伙。

我心裡的某個部分很崇拜這樣的她。但她那懶散打混的模樣又像是我的寫照。

一回神才發現——我無法從這傢伙身上移開目光。

所以，對。

大概答覆，從一開始就已經決定了。

「我這輩子今後——眼中也只有妳一個人了。」

什麼一輩子，太沉重了。

沒有餘力，失去從容，不留餘地。

但我還是想講，所以就說出來了。

沉迷得無法自拔，沒有參雜半點多餘的雜念。

「……噫咦……？」

亞霜睜大雙眼，嘴巴一張一合，抬頭看著我的臉。

「你、你剛才說……你剛才說！」

「幹嘛啊？再表現得高興一點啦。妳反敗為勝了耶？」

我也是認真的，所以就別找話掩飾，再跟她說一遍吧。

「我就當妳的男朋友吧。所以請妳成為我的女朋友。」

亞霜的身體，開始陣陣發抖。

「————噫呀啊啊啊～～～～～！！」

呀啊～！呀啊～！呀啊～……——

山間的回音，緩緩消散在天空中。

伊理戶結女◆真實心聲會顯現在行動上

謎樣怪叫從塔頂迴盪四下之後，過了幾分鐘，學長姊都下來了。

不知道是怎麼了，亞霜學姊靠著星邊學長的肩膀，走起路來搖搖晃晃。

「學……學姊妳怎麼了？」

我以為她受傷了所以出聲關心，但亞霜學姊抓著星邊學長的肩膀不放，說：

「我……我的腰，直不起來……」

「咦……？為、為什麼……？」

「一個人只要發自內心受到驚嚇，好像就會變成這樣喔。」

星邊學長嗤嗤地笑著。他那表情看起來比之前柔和許多，該怎麼形容……彷彿有種對亞霜學姊的疼惜。

這個……該不會是！

「愛沙……難道說……」

紅會長戰戰兢兢地一問，亞霜學姊露出軟綿綿的笑臉。

「嘿嘿。嘿嘿嘿。嘿嘿嘿嘿～～～」

「不要笑得這麼噁心，快把話說清楚。」

「真拿妳沒辦法～妳就這麼想知道啊～那就沒辦法了呢～嗯。」

亞霜學姊總算用自己的雙腳穩穩站好，她緊緊抓住星邊學長的左手，像體育賽事裁判一樣把那隻手高高舉了起來。

「鄭重為大家介紹！這位是小妹亞霜愛沙的男朋友，星邊遠導學長！」

「這是哪門子的介紹啊？」

星邊學長傻眼地說，但沒有否認。

是逆轉勝。

在今天這一天，抓緊可謂最後機會的十幾分鐘，亞霜學姊成功追到了喜歡的男生。

——不過，同時……

我與紅會長，看到此刻眼前的光景，都吃了一驚。

「……星邊會長……」

「學長你肩膀……沒事嗎？」

星邊學長左臂被亞霜學姊高舉過頭，看起來卻像是沒事似的。

奇怪……還是說是另外一邊肩膀？

「喔，這個啊。」

星邊學長看看自己的左肩，說：

「發生了很多事情啦，一些有的沒的。」

「咦？什麼沒事，學長？你肩膀怎麼了？」

亞霜學姊顯得一臉不解。看到她的反應，我們更是大吃一驚。

「麻煩等一下。愛沙——妳不知道學長肩膀的事嗎？」

「咦？咦？什麼東西？真的不懂。」

「星邊學長肩膀受過傷，沒辦法抬高！」

聽我這樣說，亞霜學姊嚇得睜大眼睛說：「咦！」急忙放開了星邊學長的手。

「不、不會吧！是這樣嗎！有沒有弄痛你——咦？可是剛才……」

「沒事啦，不用放在心上。」

星邊學長直勾勾地注視著亞霜學姊的眼睛，輕碰了一下自己的左肩。

「這個——妳已經幫我治好了。」

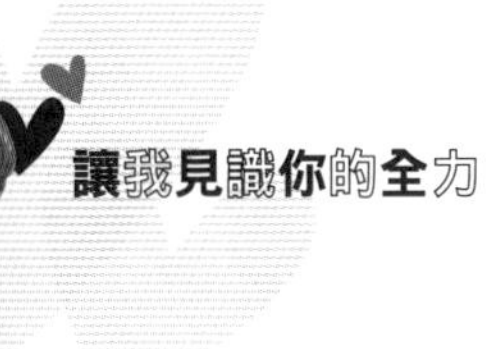

「咦……？咦咦……？」

亞霜學姊還在困惑不解，星邊學長已經重新抓起她的手，直接牽著她走。

「差不多該吃午飯了吧，我餓死了。」

「啊，說得也是喔！被你一講我也餓起來了……」

「我？喂，小惡魔角色，怎麼不再叫自己『愛沙』了啊？」

「你……不要取笑我啦！……我不用特地說自己的名字，你也已經記得了吧？」

「說得也對喔，**愛沙**。」

「呀啊！不、不要忽然這樣叫我啦～……！」

我們走在後面，盯著這對邊走邊公然放閃的情侶。

原來只有亞霜學姊——不知道啊。

那不就表示——

「——或許只要是男生，都不想在喜歡的女生面前示弱吧。」

會長脫口而出的低喃，使我噗嗤笑了一下。

兩位學長姊，真是天生一對。

……嗯，你讓我見識到了。

真的讓我見識到了，學長。

既然這樣，既然是我煽動你的——那我這個學弟，也得好好向你看齊才行。

「——唷！」

對著坐在階梯上的我，那傢伙輕輕舉手打個招呼。

「你在幹嘛啊——？一個人坐在這裡。」

曉月無憂無慮，腳步輕盈地走上這座像露天劇場一樣呈現圓弧狀的短短階梯。

對，每次都是我在逃避。

昨晚在溫泉也是。在病房分手的時候也是。得胃穿孔病倒的時候也是，可以說原因都出在我沒有把事情講清楚。

「我是來見證事情始末的啦。妳看，從這裡可以看到一點點屋頂平台，對吧？」

說完，我轉向後方。那裡有一座以白色磚瓦堆成的塔，剛才星哥他們待過的塔頂平台，從這邊也可以偷窺到一點點。

「哇——真的耶。」

曉月輕快地稍微踮起腳尖仰望塔頂平台，說了。

「你是怎麼找到這種地方的啊？根本已經是跟蹤狂了吧。」

「連妳都能來講我就太悲慘了。沒什麼啊，就只是在附近亂晃的時候湊巧發現的。」

我沒聽見他們說什麼。

只知道亞霜學姊偶爾會大叫一聲——除此之外我看到的，就只有兩人大概做了什麼動作。

即使如此，也已經夠清楚了。

讓我清楚知道，那兩個人在互相傾訴真心話。

在認真地——面對對方。

……真是，算我輸了。

目睹到那種場面，我怎麼可能不去深思？

我繼續維持現狀，真的好嗎？

恐懼、害怕自己的體質與舊傷，繼續視若無睹——難道我打算，一輩子就這樣活下去嗎？

不像曉月，已先一步下定決心面對這件事。

而我卻獨自躲在敷衍掩飾做出來的避風港得過且過，這樣是對的嗎？

……我又在想太多了。

選擇逃避有什麼不對？敷衍了事有哪裡不好？只有年紀還小的時候，才會覺得這樣做是錯的。就跟我不敢跟曉月坦承自己的痛苦，結果搞到住院的時候一樣。

可是，既然妳已經踏出一步，那我也得跟妳作伴才行。

因為，這個傷痛，不是只屬於我一個人。

它同時也是──妳的傷痛。

「──我說啊。妳可以再跟我講一遍嗎？」

曉曉從正面，注視著我的臉。

她站在比我低一階的位置，我坐在比她高一階的地方，平常的身高差距，一點也不剩。

「妳怎麼會想到……要治好我的體質？」

認真的詢問，認真的口氣，認真的話語。

不過就是問這麼一個問題，之間不曉得隔著多大的一堵牆。

一旦知道可能就回不去了。

一旦開始可能就無法結束了。

我現在要主動踏進曉曉的意圖、內心與私人空間。這是不能走回頭路的選擇。不能像以往那樣不了了之。這是我與她，都必須主動接受的選擇。

最可怕的是，我的這種體質——如今甚至已經獨立於我意志之外的，我的這份心傷，在嚷嚷著好可怕、好可怕。

——說不定，她又會什麼都不讓我做。

——說不定，我又會變得像寵物一樣。

——說不定，我又會變得討厭曉曉。

這些恐懼、畏怯、不安、拒絕……

為了跨越這一切——需要的是全力以赴的決心。

這份決心……一定就叫做勇氣吧。

「……嗯。」

也許是從某些地方，察覺到我僅有的勇氣了。曉曉把玩著自己的馬尾前端解悶，視線帶著些許迷惘四處徬徨。

「……因為如果繼續放著不管，你以後，會害很多女生傷心哭泣——這個理由，我之前就說過了吧？」

「嗯。妳說預防那種事發生是妳的責任嘛？」

「對……這也是理由之一。但是，還有一個理由——」

曉曉用一種觀察表情的眼神，注視著心臟緊張到喘不過氣的我。

「……我問你，你有帶嘔吐袋嗎？」

「嗄？……沒有，我不會暈車。」

「ＯＫ。幸好我有先準備。」

曉曉從手提包裡翻翻找找，拿出嘔吐袋，說：

「來，這給你。打開來拿著。知道怎麼用嗎？」

她單方面地把袋子塞給我，讓我打開來放在臉孔下方。

這是在幹嘛？又不是正在搭車——

「——另一個理由呢……」

曉曉像是冰塊溶化般，靦腆地笑了。

「是因為我希望有一天，可以光明正大地再跟你說一次，我喜歡你。」

光明正大地。

再說一次——

「——嗚唔……！」

排山倒海的反胃感從腹部底層往上翻湧。我忍不住彎腰駝背，把臉埋進嘔吐袋的袋口。

蕁麻疹隨著毛骨悚然的感覺覆蓋全身上下。身體就像是著了火一般開始發熱。腦髓瞬時放棄思考能力，只有翻攪湧動的不快感支配我的思維。

——可是。

但是。

就算這樣……！

「……唔……，……嗚……，…………嗯，哈！」

我沒吐，把臉從嘔吐袋裡抬了起來。

我咬緊牙關，把湧升的嘔吐感吞下去。我暫時把腦細胞全部放空，憑著一股氣勢對抗蜂擁而來的不快感。

曉曉一臉驚愕地說：

「你……你吞下去了？」

「……幸好還沒吃午飯……嘿嘿。」

雖然喉嚨深處變得有點酸酸的，但也就這樣了。

面對惱人的過敏症狀……我撐過來了。

——什麼嘛，原來還是辦得到的。

「嗯——我現在，深切體會到了。」

我把嘔吐袋塞還給曉月，逞強地翹起嘴角。

「的確，這種體質擺著不管是滿累人的……這樣會害我永遠被妳取得主導權。」

「這才是理由？我剛才算是跟你表白了耶。」

「我又不是今天才知道妳這女的就是喜歡留戀舊情，讓人壓力超大。」

曉月不服氣地噘起嘴唇，說：

「怎麼講得好像事不關己啊？你昨晚明明對我超興奮的說。」

「是啊，這我承認。沒想到妳的身材還挺性感的嘛！」

「……總覺得很難接受耶……」

戀愛不是只有美好的部分。慾望與本能也跟它密不可分。

不過——既然我能抵抗這種體質，那點小事，一定駕馭得住。

我一定不會沉迷於情慾，不會輸給本能……

清濁並吞。

慢慢面對它——憑著一份勇氣。

「昨天很不好意思，就那樣跑掉。別擔心，下次我會從頭到腳看個清楚的。」

「少在那裡裝豁達了啦，明明就很孬！別忘了主導權還握在我的手上喔！」

「所以我不是跟妳道歉了嗎？妳就饒過我吧，我現在沒辦法繼續硬撐了。」

會吐。這次絕對會吐。會吐到停不下來。

「哦……」曉月露出了一絲淺笑。

就在我產生不祥的預感時，曉月走上一級台階，像國王一樣低頭看著我的臉。

「不用擔心，我不會隨便害你身體不舒服的。這你可以放心。」

「是、是喔……那妳幹嘛靠近過來……？」

「——順便跟你說～」

曉月稍稍彎腰。

她就這樣，欠身從近距離內注視著我的眼睛。

襯衫的領口往下垂，可以稍微看見平緩的胸脯。

「根據實驗結果，如果是你對我動心的話，好像不會有事喔。」

曉月活像惡魔似的微微笑了一下。

「怎麼樣？你對這方面的看法是？……被我說對了？」

令我生氣的是——

只有心跳一個勁地胡亂加速，反胃感與蕁麻疹，都沒有發作。

羽場丈兒◆安逸的美夢

一反我大部分的預測，我們一行人相安無事地踏上了歸途。

搭乘地面纜車下山後，我們往最近的公車站走去。在這段路上，贏得了大逆轉勝的亞霜同學，從頭到尾都在星邊學長身邊打轉嬉鬧，變得像是服務精神旺盛時的貓一樣。

星邊學長也不再像之前那樣冷淡對應，還會反過來捉弄愛裝小惡魔的亞霜同學。可能是不習慣被整吧，反而是亞霜同學變得招架不住。

至於原本保持距離的川波同學與南同學，不知從何時開始也變得有正常對話了。這邊雖然不像亞霜同學他們那樣會當眾放閃，但從說話或是肢體的接觸方式，感覺他們不再像之前那麼互相顧慮了。

而伊理戶同學、東頭同學以及伊理戶水斗這邊也是一樣。就是伊理戶水斗在跟東頭同學聊一些事情的時候，伊理戶同學會勇於加入話題。昨天伊理戶同學還顯得有點客氣，看來是發生了一些事情讓她拋開了煩惱。

我從最後面的位置，觀察這全部的狀況。

大概是在這三天之間，每一組都發生了他們自己的一段故事吧。我沒有跟其中任何一組產生關聯，也不認為有那個必要。

我只要當他們的背景就好。

我認為這是我該扮演的角色，是我的天職。不是在害怕什麼，也不是有所畏怯，我是真的打從心底，覺得待在背景裡心情最自在。

「——阿丈。」

最為光輝燦爛的主角級人物，卻來找我這個背景說話。

「這次的旅行，你覺得怎麼樣？」

「……應該很不錯吧。說了半天，最後還是和平收場了。」

「就是啊。而且終於把愛沙他們湊成一對了。」

走到我身旁的紅同學心滿意足地笑了。因為說到亞霜同學這件事，紅同學可說是幕後的最大推手。

「這下子我們學生會，也終於有一對情侶誕生了。身邊有個女生交到男朋友，感覺真的很不可思議。好像很為她高興，又好像很羨慕她——」

「羨慕？紅同學也會羨慕她？」

「當然。」

紅同學看著我的臉，別有深意地發出吃吃笑聲。

「小生也好想早點交到可愛的男朋友喔～」

「……妳在學亞霜同學講話嗎？這種口吻不適合妳。」

「你都不會羨慕嗎？」

「我……連想要女朋友的念頭都沒有過。」

因為獲得某人的青睞，就表示不能繼續當路人。

我跟亞霜同學不一樣，甚至應該說正好相反。我不想被任何人看見——我想當注意他人的一方，而不是被注意的一方。

想當個旁觀者。想當個圍觀群眾。想當個沒有個性的人。

「——我比較想當大家的背景。」

這樣，我才能幫上大家的忙。

麻煩事儘管推給我。瑣碎雜事儘管交給我。然後，大家可以去做只有你們自己辦得到的事。

就把我當成融入舞台陰影的跑龍套人員使喚吧。

因為大家——都有這個價值。

「原來如此。」

聰明的紅同學，只聽到一句話就什麼都懂了，面露微笑。

「那這樣好了。」

忽然間，一種柔軟的物體碰到了我的臉頰。

「……咦？」

我一轉頭的同時，紅同學迅速從我身邊離開。

然後——在她的櫻唇前面……

豎起她的食指，說：「噓——」咧嘴笑了起來。

「既然你不肯離開背景——那小生來找你就行了。」

她就拋下這一句話。

我還在發愣時，紅同學已經回到前面其他人那邊——舞台的中心去了。

我輕碰一下還留有那個觸感的臉頰，從背景之中，盯著她的背影不放。

……怎麼……怎麼可以那樣？

妳的光彩——明明能夠比任何人都耀眼。

——妳明明是我最想，永遠看著的那個人。

「………………」

啊，可惡。

我竟然……覺得有點高興。

害我不禁想像在舞台中心發光發熱的首席女演員，對舞台側翼暗處的一介跑龍套人員展露笑容——沉浸在這種令人退避三舍、我不配擁有的妄想當中。

真的，拜託妳不要這樣。

能夠成為任何存在的妳，居然為了我變成無名小卒——

——拜託，不要讓我去作這種安逸的美夢。

伊理戶水斗◆人生的目的

回程的電車上，東頭一直低頭盯著平板電腦的畫面。

可能是懶得用觸控筆吧，她直接用手指在繪圖工具上畫一些圖。我覺得湊過去看可能有點失禮所以沒看畫面，但還是難掩好奇心，於是趁她停止畫圖的時候問她：

「妳在畫什麼？」

「還只是草圖。」

東頭把平板電腦轉過來轉過去歪頭看看，動動手指修正一些部分。

「妳學會背景的畫法了啊？」

「啊，不是，這個不是背景。」

「不是喔？」

可是，是因為她說想學會畫背景，我才會帶她來這趟旅行……

「反正已經拍了很多照片資料，背景以後再練習就好。我現在有其他想畫的東西……」

「想畫的東西？」

「要看嗎？已經畫好一個大概了。」

「只要妳說可以，我滿有興趣的。」

「給你看。」東頭把平板電腦拿給我。

不是背景，而是其他想畫的東西？不知道是什麼刺激了東頭的靈感──

我如此心想。

結果，我後悔不該沒做多大心理準備，就看了這張草圖。

一股寒意竄過背脊，使我打了個冷顫。

我不是繪畫專家。更何況這只是草圖，根本看不出哪裡畫得比以前更好。

前提是，如果是正常情況的話。

一目了然。不是畫功有進步。是**變了**。我認為那是在繪畫上，某種根本性的哲學概念，整個都不同了。

這是因為，這幅畫蘊藏了靈魂。

不是精神論也不是毅力論，我說的是真的。不過就是一個美少女的人物草圖。看起來卻像有生命一樣。讓人感覺在這薄薄的平板畫面當中，**她**確實是存在的。

跟東頭以前給我看過的畫作一比，我馬上就知道原因了。

是表情。

以往東頭所畫的畫，每一張幾乎都是美少女插畫常見的笑容表情。其中沒有內涵。只不過是因為還滿可愛的，就畫成笑容。就是那種不具其他意義的象徵性表情。

可是，這張草圖的表情呢？

不甘心地擠出皺紋的眼角。滲出的淚水。緊握的拳頭。卻又勉強擠出笑臉。以側臉面對觀者的構圖。隨風飄動的衣服。紛亂飛舞的髮梢。

不用說明，這一切已經做了解釋。

告訴觀者，這是失戀的場面。

「妳、妳……這是……」

「看到亞霜學姊大哭大叫的樣子，我就忽然靈光一閃了！心想『這種的也不錯』！怎麼樣——？不覺得很揪心嗎——？」

這何止是跳過一個階段。

即使是閱讀過相當多輕小說的我，都幾乎沒看過表情如此強而有力的插畫。

就近看到了他人的失戀——只不過是這樣，她就……

她是否終於發現了？

發現了自己的才華，存在於何處？

——我不禁，顫抖了。

不只是身體。而是整顆心——整個靈魂。

這種顫抖，我在很久以前也體驗過。

在鄉下的古老書齋，初次閱讀《西伯利亞的舞姬》的時候。

就跟那時我透過文字，接觸到外曾祖父的人生一樣——不，此刻我從東頭伊佐奈這個人的身上，獲得了比那更強烈的感動。

唉——我無法再欺騙自己了。

我不禁有種渴求，很想知道她的人生。很想在她身邊，待在比任何人都更靠近她的位置，比這世上的任何人都更快更早——閱讀名為東頭伊佐奈的這本書。

我那茫無頭緒的將來，就此急速凝聚成形。

一個人……

在受到他人的才華所感動時，會自然而然地臣服於它。

甚至覺得，獻上自己的人生也不足惜。

伊理戶結女◆少許的勇氣，與大大的欲望

「那麼同學，大家辛苦了——！學校見——！」

看到亞霜學姊笑咪咪地揮揮手之後跟星邊學長一起離開，我到這時候才覺得心中百感交集，並真心為她高興。

下定決心，拿出勇氣，即使被甩也不放棄——

——那我呢？

我有像亞霜學姊一樣，勇於行動嗎？有真誠無欺地表達心意，正視自己對改變現狀的恐懼嗎？

坦白講，我是有過那種想法。

就暫時維持現狀好了。沒辦法，因為我們不是普通的一對男女。是同住一個屋簷下的兄弟姊妹。我不能隨便告白。我們不是普通的同班同學。就算真的能夠開始交往——萬一，又分手了的話……

這可不能用玩笑話來解決。

我不能永遠天真，不能有勇無謀，必須考慮到現實情況。假如我們只是普通的繼兄弟姊妹，也許我早就被感情沖昏頭採取行動了。可是，國中時期留下的前科，迫使我變得更為現實。

一對戀人，遲早可能分手。

只有在雙方是外人的情況下——才不需要去考慮分手後的狀況。

相對於日益增長的感情，我的決心實在不夠堅定。所以，我只能暫不處理。不用勉強交往沒關係，還不如維持現在這樣的關係比較輕鬆自在——或者……

什麼都不要改變。

繼續做普通的兄弟姊妹。

就這樣過下去或許也沒什麼不可以……在我的腦海某處，或許有過這樣的念頭。

可是——我又不禁去想……

看到亞霜學姊夢寐以求的戀情得以實現，經年累月的心意如願以償……看起來是那麼的幸福，走在喜歡的人身邊——會讓我無從掩飾地，忍不住心想：

——好羨慕。

我也，好想……變成像她那樣。

所需要的準備，一定早就做好了。因為，亞霜學姊讓我學到了一件事。

只要認真面對，就能得到認真回應。

有時候只須鼓起勇氣，就能掌握幸福——

我的心中，點燃了一朵火苗，然後延燒成熊熊烈火。

火苗的名字是勇氣。

烈火的名字是欲望。

小小的勇氣，即將伸手抓住大大的欲望。

「我們回來了——！」

打開家門，我對著客廳喊道。看電燈是亮著的，媽媽或峰秋叔叔應該在家。不曉得這三天，他們夫妻有沒有度過只屬於小倆口的時光？

一起回來的水斗連「我回來了」也沒說，就快步走上階梯。三天沒回家了，這傢伙還是這麼冷漠。下次我得講講他才行。

話雖如此，也得小心不要變成囉嗦說教才行——否則真到要告白的時候，也許會弄得很尷尬。

……嗯，我要告白。這件事已經決定了。

不過我要設下期限。

要在今年內——向他告白。

在那之前，我要用盡所有手段，讓水斗喜歡上我。如果在這過程當中，能夠讓他主動來跟我告白，那就再好不過了。

到了明年，我們已經變回一對情侶了。

如果變不回去，我就效法東頭同學，跟他做普通的繼兄弟姊妹。

當然，我不太想去設想那種未來——為了避免那種情況發生，得先擬好計畫才行。到今年結束為止還剩一個多月，該如何積極接近他才好呢——

「……結女，妳回來了。」

客廳的門打開，媽媽出來了。

可是——她的神色，好像有點悶悶的……不，還是說，是有點不知所措？

「媽媽，妳怎麼了？好夫婦日……過得不開心嗎？」

「沒有啊，很開心。謝謝結女妳為我們著想——只是，今天，有人跟我聯絡……」

「聯絡？」

「我有點猶豫，不知道該不該跟妳說……但我問過小峰的意見後，他說還是應該告訴妳。他真是個老好人，對吧？」

媽媽露出淺淺的微笑。竟然趁機跟我偷偷放閃——可是現在更令我好奇的，是那個「聯絡」的內容。從她的語氣聽起來，似乎跟我有關……？

「是這樣的——」

媽媽顯得心情沉重地說了。

「——妳爸爸想見妳。跟水斗一起。」

後記

這次是第八次寫後記了，我也快要沒東西可寫了。雖說我每次都固定寫些類似本文補充資料的內容，但是坦白講，其實也沒什麼需要做解說的。像這次我還邊寫邊想：「一定要讓剛睡醒的女生成員變成扉頁插畫！」

真要說起來，我其實是後記無用論者。我認為為了這種無關緊要的隨筆用掉好幾頁的篇幅太浪費了，事實上，我目前的系列裡有寫後記的也就只有這個「繼母拖油瓶」而已。可是，都怪我在第一集不小心寫了後記，結果到了現在第八集還是得靠慣性繼續堆砌文字。啊麻煩死了，不能推特發一發就好了嗎？

回想起來，我的學生生活也是這樣，好像得過且過地就念了十六年的書。實際上，差不多到了作為折返點的國中時期，我就已經厭倦了學校這個場所，後來高中幾乎是為了替小說取材才去的。大學更是無需贅言。

從這點來想，我能夠及早找到值得認真投入的事物，已經算是很幸福了。儘管代價是班上同學的長相或名字我沒有一個記得，但我對於閱讀或寫小說都是全力以赴，讓我敢說我並

後記

不在乎付出那些代價。不過我腦中本來就只有這個選擇，所以愛沙或結女的煩惱都跟我無緣就是了。

話是這麼說，但我覺得我度過的人生算是比較特殊，沒辦法不負責任地說：「不要怕，什麼都去挑戰就對了！」不過認真投入一件事情，無論那是小說、漫畫、電玩還是戀愛，我覺得都能找到不小的樂趣。看來「繼母拖油瓶」的登場人物們也開始找到值得他們全力以赴的事物，身為作者沒有比這更高興的事了。

不過嘛——這些事物，不見得能跟戀愛同時兼顧就是了。

下一集第九集，終於要來回收第六集的伏筆了。什麼伏筆？有此疑問的人請仔細重讀第六集。不是有個來路不明的大叔突然登場又消失嗎？

動畫版也正在順利製作中。而我身為原作方的人員，是時候該著眼於「今後」的發展了。我是覺得不至於，但各位總不會以為水斗與結女復合之後就進入美好結局了吧？

那麼以上就是紙城境介為您獻上的《繼母的拖油瓶是我的前女友8　該讓我見識你的全力了》。結果搞到最後拿出真本事的竟然是東頭伊佐奈。

國家圖書館出版品預行編目資料

繼母的拖油瓶是我的前女友. 8, 該讓我見識你的全力了/紙城境介作 ; 可倫譯. -- 初版. -- 臺北市 : 臺灣角川股份有限公司, 2022.10

面 ; 公分. -- (Kadokawa fantastic novels)

譯自 : 継母の連れ子が元カノだった. 8, そろそろ本気を出してみろ

ISBN 978-626-321-854-3(平裝)

861.57 111013100

Kadokawa
Fantastic
Novels

繼母的拖油瓶是我的前女友 8
該讓我見識你的全力了

（原著名：継母の連れ子が元カノだった 8 そろそろ本気を出してみろ）

2022年10月24日　初版第1刷發行
2023年10月16日　初版第2刷發行

作　者：紙城境介
插　畫：たかやKi
譯　者：可倫

發行人：岩崎剛人
總編輯：蔡佩芬
編　輯：邱瓈萱
美術設計：宋芳茹
印　務：李明修（主任）、張加恩（主任）、張凱棋

發行所：台灣角川股份有限公司
地　址：104台北市中山區松江路223號3樓
電　話：（02）2515-3000
傳　真：（02）2515-0033
網　址：www.kadokawa.com.tw
劃撥帳戶：台灣角川股份有限公司
劃撥帳號：19487412
法律顧問：有澤法律事務所
製　版：巨茂科技印刷有限公司
ISBN：978-626-321-854-3